*Einfache Geschichten
komplexer Menschen*

Einfache Geschichten

Anne Chavez

HaRu Neidhardt

Thomas Ormond

Katharina Wolff

komplexer

Menschen

Frankfurt am Main 2024

1. Auflage 2024

Verantwortlich i.S.d.P. Die Autor*innen
Das Copyright liegt bei den Autor*innen.
Lektorat: Maike Frie, www.skriving.de/wordpress/
Cover: Axel Voigt, www.folio-print.de
Typografie: Christine Bernitz
Schrift: Myriad Pro
Papier: Munken Werkdruckpapier
Verlag: BoD · Books on Demand GmbH,
In de Tarpen 42, 22848 Norderstedt, bod@bod.de
Druck: Libri Plureos GmbH, Friedensallee 273,
22763 Hamburg
www.folio-print.de
Printed in Germany

Inhalt

HaRu Neidhardt

Karma

Sie sitzt auf meiner Hand, ganz ruhig. Ich führe die Hand näher an die Augen, sie bleibt sitzen. Wie ein Plastikinsekt aus dem Scherzartikel-Versand. Vorsichtig, um sie nicht aufzuscheuchen, taste ich mit der anderen Hand, zum Glück habe ich ja zwei, nach meiner Brille. Die zeigt mir das Wesen deutlicher, keinesfalls aber so detailliert, wie ich es gerne sehen würde. Mein Blick gleitet über das Durcheinander auf dem Tisch. Lag da nicht immer eine Lupe? Ach, da.

Plötzlich steht mein gewohntes Größen-Koordinatensystem kopf. Direkt auf mich gerichtet, riesige halbkugelförmige Sehschalen. Wie nimmt sie mich wahr, die Fliege? Keine Pupille. Keine Reflexe, keine glänzenden Lichtpunkte. X-mal facettierte Oberflächen, ein Beinahe-360-Grad-Panoramablick, dem nichts entgeht. Aber so fremd. Nichts, was uns wirklich verbinden könnte. Was denkt sie? Denkt sie überhaupt? So sitzen wir uns gegenüber, stumm und unfähig, einen Zugang zueinander zu finden. Aber nun – Musca domestica streicht mit den Vorderbeinen ihre länglichen, unten am Kopf herabhängenden Mundwerkzeuge glatt.

»Rufst du mir bitte ein Taxi?«, sagt sie mit feiner, aber sehr deutlicher Stimme.

Ich verliere die Fassung – nur für eine Sekunde oder zwei, und schaffe es dennoch, die Hand mit der Fliege ruhig zu halten.

»Wa… wie… d… du kannst ja sprechen«, stottere ich entgeistert.

Musca rührt sich nicht. Man könnte meinen, dass ich mich verhört habe; dass ich träume; dass das alles gar nicht wahr sei.

Das Licht liegt matt auf den riesigen facettierten Augenhalbkugeln.

»Ich habe einen Traum«, höre ich Musca weiterzirpen.

I have a dream, gellt es in meinen Ohren. Wie lange ist das schon her – I have a dream – ist er inzwischen wahr geworden, der Traum? Ist Zeit das einzige, dessen es bedarf?

Als könne sie meine Gedanken lesen, sagt Musca: »Aber mir fehlt einzig und alleine ein Taxi.«

Wie schnell arrangiert sich der Mensch mit absurden Situationen?

Ich muss nicht einmal schlucken, bevor ich mich auf ein Gespräch mit dem Tier einlasse. Es sitzt ganz ruhig da. Es schaut in meine Richtung – eindeutig, würde ich sagen. Entspannt ruht es auf seinen sechs schwarzen Beinchen, die Flügel elegant über dem Körper haltend.

»Soll dich das Taxi irgendwohin fahren, warum fliegst du denn nicht selber?«, frage ich so beiläufig wie möglich.

Wieder glättet Musca mit ihren Vorderbeinen ihr Mundwerkzeug.

»Ich bin schon alt«, sagt sie. »Wer aus meinem Volk hatte schon Gelegenheit, dem obersten Heiligtum aller Fliegen einen Besuch abzustatten? Eine Wallfahrt dorthin ist der Traum meines Lebens. Wenn ich ihn realisieren will, muss ich mich ranhalten.«

Ach du lieber Himmel, denke ich. Eine Wallfahrt für Fliegen. Vor meinem inneren Auge entsteht das Bild einer kilometerlangen, surrenden und brummenden Fliegenfahne, von hier bis nach – nach –

»Wohin soll dich deine Pilgerfahrt bringen?«, frage ich.

»Natürlich zum Monte Scherbelino«, erklärt Musca mit einem leicht patzigen Unterton, offensichtlich befremdet von so viel Unkenntnis.

Waas? Der Monte? Der war einmal, back in the Sixties, der Abfallhaufen von Frankfurt, das Tor zum Rodgau, könnte man sagen. Eine Müllhalde von sagenhaften Ausmaßen, für Musca oder ihre Verwandtschaft, etwa die Calliphoridae, respektive Schmeißfliegen, der Sehnsuchtsort schlechthin. Dass der Monte später begrünt wurde, hat seinem Nimbus in Fliegenpopulationen offenbar keinen Abbruch getan. Hat sich der Heiligenschein erst einmal in einem Objekt verankert, reißt ihn so schnell keiner ab.

Da will dieses Tier, das jeder ohne Wimpernzucken als überflüssigen Schädling totschlagen würde – wenn er es nur erwischte! –, dass ich ihm ein Taxi ordere. Wer soll das bezahlen? Ich? Was wird das kosten? Mindestens dreißig Euro, schätze ich. Ja geht's noch.

»Was gibst du mir dafür?«, frage ich die Fliege, der es offensichtlich nicht an Selbstbewusstsein mangelt.

Über ihre facettierten Halbkugelaugen huscht ein Flimmern.

»Eine Versicherungsleistung«, zirpt Musca.

Schon wieder bin ich baff. Diese Kenntnis von menschlichen Sachverhalten und das entsprechende Sprachwissen. Wurde die Intelligenz von Fliegen je wahrgenommen? Oder ist meine Gesprächspartnerin ein Leuchtturm ihrer Spezies?

»Äh – von welcher Leistung sprichst du?«, frage ich, und sie entwirft einen Kontrakt zwischen mir und ihren Völkern, eine Art Nicht-Angriffspakt, einen Zustand immerwährenden Friedens, der mir garantiert, zeit meines Lebens nicht mehr von einer Fliege, gleich welcher Art, irgendwie belästigt zu werden.

»Sind Bremsen auch in der Abmachung enthalten?«, frage ich aufhorchend.

»Aber ja. Wir Muscae stehen ihnen zwar nicht nah, doch sie gehören zur Familie.«

»Mein liebes Tier«, wende ich ein, »das ist alles schön und gut. Aber wo ist meine Sicherheit? Ein Vertrag? Unterschriften? Welche Garantien gibst du mir?«

»Kann ich nicht«, nuschelt sie, »du musst es mir einfach glauben. Großes Fliegenehrenwort.«

Ich schulde Fliegen einen Berg unbereinigten Karmas

aus einer Kunstaktion, die ich vor Jahren unbedacht realisiert hatte. Obwohl ich seitdem immer wieder in der Fliegenrettung unterwegs war, sehe ich jetzt die Gelegenheit, meine Schuld endgültig abzutragen. Unsere Unterhaltung endet damit, dass ich 069-230022 anrufe und ein Taxi in die Rühbergstraße 121 bestelle.

Als es vor meinem Haus hupt, sage ich: »Es geht los. Bleib jetzt auf meiner Hand sitzen.«

Ich trage die Fliege zwei Stockwerke nach unten und öffne die Beifahrertür des cremeweißen Wagens mit dem Stern.

»Guten Tag«, sage ich gerade, da zischt Musca mir zu: »Ich will nicht vorne sitzen.«

Na gut. »Verhalte dich jetzt ganz ruhig und flieg erst davon, wenn ihr am Ziel seid«, sage ich leise. Ich werfe die Tür ins Schloss, mache hinten auf und setze Musca Domestica auf das Polster. Sie sitzt in der Mitte auf dem graugemusterten Bezug, wie ein alter Taxihase.

»Wie teuer ist es bis zum Monte Scherbelino?«, frage ich den Fahrer.

»Ich fahre mit Uhr. Wenn wir da sind, sehen Sie, was kostet.«

Ich will einen Pauschalpreis ohne Uhr aushandeln, was nicht eben einfach ist. Musca sitzt ungerührt auf dem Polster, als sei sie festgeklebt. Der Fahrer und ich einigen uns auf fünfunddreißig Euro. Mannomann, denke ich, so blöd wie du ist auch kein Mensch auf der ganzen Welt.

Bevor ich die Tür schließe, drehe ich das Fenster ein Stückchen nach unten.

»Wünsche reichhaltige Erbauung«, flüstere ich Musca zu. Ich mache die Beifahrertür wieder auf, zahle, lasse mir eine Quittung geben, frage nach der Taxi-Nummer und notiere sie auf dem Beleg. Der Fahrer registriert alles mit scheelen Blicken.

»Na, dann gute Fahrt!«, rufe ich aufmunternd und werfe die Tür zu. Am Hauseingang höre ich Hupen. Der Taximann scheint verstört. Er gestikuliert heftig mit Armen und Schultern. Ich gehe noch einmal zurück zur Fahrerseite.

»Was ist denn noch?«, seufze ich.

»Sie nicht fahren jetzt?«, blafft er mich an.

»Nein, bitte, Sie fahren jetzt, wie besprochen, zum Monte Scherbelino, das Geld haben Sie bereits.«

Ein Blick zwischen Ärger und Verachtung trifft mich. Der Motor heult auf – Quickstart, kurz vor einem SUV, der gerade um die Ecke biegt.

Glück gehabt.

O-oh denke ich … wie war das nochmal mit dem Herrn der Fliegen? Wer auch immer … befiehl ihm, Musca, deine Wege …

Katharina Wolff

Nächster Halt Göttingen

»Bist du nervös?«, fragt die Frau und schiebt die Tür zum Ruhewagen auf.

»Ja klar«, antwortet der junge Mann und lässt der ein paar Jahre Älteren den Vortritt.

»Das ist gut. Das ist sehr gut!«

»Ich will ja nicht, dass das Ganze an mir scheitert. So als Neuer.«

»Ja. Da musst du aufpassen. Die Ilona, die hat sich vorher jedes Wort genau aufgeschrieben, bevor sie da reingegangen ist.«

»Ah, echt?«

Die beiden setzen sich einander schräg gegenüber an einen leeren Vierertisch. Sie sitzt am Fenster, er am Gang. Beide ziehen ein Laptop aus ihrer Tasche und bauen es vor sich auf.

Dabei wendet sie sich kurz an ihn: »Entschuldige, dass ich heute total ungeschminkt bin, aber ich war den ganzen Morgen im Home-Office mit Kind!«

»Ja klar, das ist völlig O. K.«, sagt er, bückt sich und steckt das Stromkabel des Rechners in die Steckdose am Sitz.

»Was bei mir noch dazukommt«, sagt sie und klappt

ihren Laptop auf. »Ich bin ja so gnadenlos. Ich will die Sachen wirklich gut haben. Ich weiß, das ist ein echter Shift. Ein breiter Ansatz. Und dann passt es vielleicht von der Chemie her nicht. Da ist es mir lieber, ich merke das gleich: Der Pitch hat nicht funktioniert. Da sage ich, ›kein Problem‹. Das ist besser, als wenn das nicht stimmt und sie kommen aber erst nach drei Monaten, das ist dann noch viel schlimmer.«

Er sagt nichts und schaut sie nur an.

Sie richtet sich auf und blickt ihm direkt in die Augen. »Diese Struktur, die ist schon hart. Du hast die beiden Ordner auf meinem Schreibtisch gesehen?«

»Ja klar.«

»Heute Morgen, direkt nach dem Aufwachen habe ich mich gleich noch mal eingeklinkt.«

Sie steht auf und geht zur Toilette. Er schaut sinnend aus dem Fenster.

Als sie zurückkommt, schiebt sie ihren Laptop auf die gegenüberliegende Seite an den Fensterplatz. »Ich komm mal zu dir rüber. So fahre ich ja rückwärts.«

»Ja klar.« Er steht auf und lässt sie zum Sitz am Fenster durchrutschen.

Sie dreht ihren Laptop in seine Richtung. »Also, die dritte Säule. Wir zeigen hier, wie die anderen es sehen könnten, und dann ziehen wir das auf eine andere Ebene, habe ich mir überlegt.«

»Das könnte ich«, sagt er.

»Wunderbar, brillant. So machen war es.« Sie lächelt ihn

an. »Was ich damit meine«, sie zeigt auf den Bildschirm, »wir wollen das adaptieren, das Thema. Ich könnte mir vorstellen, das narrativ anzupassen. Die Experience der Mitarbeiter einzubinden.«

»Ja klar«, sagt er, »die sollen mitmachen.«

»Genau«, sagt sie, »die sollen mitmachen, die sollen das entwickeln.«

»Ja«, sagt er, »klar, das passt in meine Einheit.«

Sie beugt sich zu ihm hinüber und senkt ihre Stimme: »Es ist sozusagen taktisch. Wir schlagen zwei Fliegen mit einer Klappe. Da fühlen die sich geschmeichelt und das ist ein konkreter Weg. Wir müssen sie ja mitnehmen.«

»Ja klar«, sagt er.

Sie dreht sich ihm zu. »Jetzt stell dir mal vor ...«

»Mit deiner Strahlkraft ...«, antwortet er und lächelt sie an.

Sie richtet sich auf, drückt das Kreuz durch, kneift die Augen zusammen und sagt: »Das Thema ist perfekt. Dass wir das so erarbeitet haben, ist schon richtig.«

Er blickt sie von der Seite an. »In einem Jahr, da möchte ich, also indirekt meine ich, da möchte ich das ja klar machen.«

»Da ist es wichtig, das Team zu nutzen.«

»Nee – ja klar, auf jeden Fall!«

»Das hast du ja auch drauf.«

»Ja klar, auf jeden Fall!«

Mit ernster Stimme sagt sie: »Und kein Kommentar!«

»Ja, klar.« Er blickt sie verständnislos an.

Sie zeigt auf den Bildschirm. »Das hier weiß noch keiner von denen. Ich habe das hier … oder möchtest du?«

Er schaut angestrengt auf den Bildschirm. »Also, ich würde …«

Sie unterbricht ihn und sagt bestimmt: »Unsere Message muss rüberkommen. Das ist, was ich meine! Der Vorstand muss mitziehen! Auf jeden Fall! Die Corporate Identity!«

Mit leicht belegter Stimme sagt er: »Genau. So steht es auch da drauf. Vielleicht ergibt sich daraus ja was.«

Sie zieht ihren Laptop zu sich. »Und immer auch mal andere Gesichtspunkte einbeziehen.«

»Ja klar«, sagt er.

Beide fangen an, in ihre Laptops zu tippen. Für kurze Zeit ist nur das Klacken der Tasten zu hören.

Nach einer Weile unterbricht er sein Tun. »Ich will ja ankommen in meiner Rolle …«

Auch sie hört auf zu tippen. »Ja, das musst du.«

»Schau mal«, sagt er und zeigt auf seinen Bildschirm. »Kann man das jetzt schon so schreiben? Passt das?«

Sie schaut auf. »Das richtige Wording ist wichtig. Das ist ganz wichtig.«

»Ja klar.«

»Wir sollten versuchen, ganz leicht so kleine Worte einfließen zu lassen.«

»Ja gut, so machen wir das!«, sagt er erfreut.

»Nur so ein bisschen«, sagt sie mahnend. »Haben wir versucht, uns in die Lage zu versetzen?«

16

»Ja klar«, sagt er erleichtert.

»Könnten wir uns vorstellen«, sagt sie, »dass das vielleicht etwas schwierig werden könnte? Einfach so ein paar Worte.« Sie lehnt sich lächelnd zurück.

Er schaut sie an. »Ja«, sagt er zögernd, »ja klar.«

»Der nächste Halt ist Göttingen«, knarzt es aus dem Lautsprecher.

Hektisches Zusammenpacken am Vierertisch. Schon sind beide aus dem Zug heraus und einen großen Schritt vorangekommen.

Und im Ruhewagen der Bahn ist es wieder ganz still.

Anne Chavez

TRIESTE

Kafka getroffen
Bei der Assicurazioni Generali
Ganz unverhofft
Und angerempelt
Sorry, lächelt er sein schüchternes Lächeln

Nimmt den Hut vom Kopf
Ich mag seine Ohren
Seinen Blick
Und sage:
Herr Kafka,
Ich möchte nicht aufwachen
Eines Tages
Und ein Käfer sein
Er schaut besorgt
Dann schlafen Sie immer nur im eigenen Bett
Er setzt seinen Hut zurück
Lächelt sein rätselhaftes Lächeln
Und geht

Thomas Ormond

Abgründiges

Daniel Haferkorn saß an seinem Computer und schaute sich Abgründe an. Genauer gesagt waren es Schluchten, die Gorges du Tarn, wo Dany vor zwei Jahren zum Klettern und Wildwasser-Rafting gewesen war. Das Besteigen der bizarren, vielfach überhängenden Felsen, das Schweben am Seil über den bunten Gesteinsformationen, das Eintauchen mit dem Boot in die tosenden Stromschnellen – das war schon ein geiler Sommerurlaub gewesen. Die Fotos von damals weckten in ihm Lust, nochmal körperliche Grenzerfahrungen zu suchen. Wer wie Dany als Doktorand tagein, tagaus sein Hirn malträtieren musste, brauchte den Ausgleich. Und dem Body tat das ebenfalls gut. Er sah zwar auch so nicht schlecht aus – hochgewachsen, durchaus muskulös und durchtrainiert –, aber die Kondition konnte man noch steigern.

Es klopfte an seine Bürotür. Dany schaute auf die Uhr – kurz nach sechs. Die Putzfrauen waren doch längst durch? Als sich die Tür öffnete, war es auch niemand aus dem Reinigungsteam, sondern eine der studentischen Hilfskräfte, die in diesem Semester am Lehrstuhl von

19

Prof. Wedel neu eingestellt und in den Nachbarzimmern untergebracht worden waren.

Die junge Frau mit dem langen, blauschwarzen Haar stellte sich als Valentina und mit einem Lächeln vor. »Darf ich dich stören?«

»Ja, doch, aber was machst du um diese Zeit noch hier?«

»Ich … ich bin beim Exposé für meine Bachelorarbeit und wollte dich fragen, ob du mal drüberschauen könntest.« Die attraktive Besucherin legte den Kopf schief und ihr Lächeln wurde noch eine Spur strahlender.

Dany schaute sie an und merkte, wie die Schluchten bei ihm ganz plötzlich an Bedeutung verloren. »Ja, warum nicht, zeig mal her.« Valentina kam an seinen Schreibtisch und reichte ihm einige Blatt Papier.

Er überflog die Überschriften und einige Textabschnitte. »Ich würde es mehr zuspitzen. Wedel will auch bei Bachelorarbeiten immer eine These. Sag, was du an diesen Autorinnen interessant findest, warum sie außergewöhnlich sind.« Mit einem spöttischen Zug um die Lippen fügte er hinzu: »Und lass ein Rechtschreibprogramm drüberlaufen …«

Währenddessen hatte sich Valentina an die Wand gelehnt und die Hände in die Hosentaschen gesteckt. Als er mit der Lektüre fertig war, blickte sie ihm direkt in die Augen. »Stimmt das, dass du eine Arbeit über Abgründe schreibst?«

Dany lachte etwas verlegen.

»Vielleicht über das Grandhotel Abgrund?«, setzte sie nach. »Nein, nein! – Wobei, ich hab tatsächlich mal eine Seminararbeit in Soziologie über Lukacs, Adorno und die Frankfurter Schule geschrieben, da stand das genau im Zentrum. Nein, mein Thema jetzt ist das Moralverständnis in der Nachkriegsliteratur am Beispiel des Stücks Das Abgründige in Herrn Gerstenberg.«

»Nazis in der Bundesrepublik?« Valentina wirkte ehrlich interessiert.

»Könnte man erwarten. – Nein, da ist nichts von Nazis. Kein Krieg, keine KZs, kein Judenmord. Es geht um einen reichen Holzhändler und zwei junge Frauen, zwischen denen er sich entscheiden soll: Die eine, das Lieschen, ist die brave Tochter eines Kohlenhändlers, die eigentlich einen jungen, aber mittellosen Verehrer liebt. Die andere, Lotte, hat selbst einen Schreibwarenhandel geerbt und versucht, ihn über Wasser zu halten, ist eher selbstbewusst und liebeserfahren, was damals einen schlechten Ruf bedeutet, und interessiert an Gerstenberg. Im Stück spielt romantische Liebe eine Rolle, aber noch wichtiger ist das Geschäftliche. Am Ende verbinden sich Gerstenberg und Lieschen, obwohl er sie nicht liebt, und sie ihn nicht; letztlich, weil der Kohlenhändler eine gute Partie für seine Tochter will und von ihr Dankbarkeit für die Aufzucht verlangt. Das Frauenbild ist also ziemlich antik, aber das Stück wirkt modern durch einen Kunstgriff: Gerstenberg ist aufgespalten in drei Figuren, ihn selbst, den Besseren und den Schlechteren, die um ihn kämpfen. Das bringt witzige Dialoge, und damit hat das Stück in den späten Vierziger- und Fünfzigerjahren großen Erfolg auf deutschen Bühnen gehabt.«

»Ist ja krass. Also der NS, der Krieg, alles wird verdrängt und die Leute amüsieren sich über ʼnen alten Mann und die Frauen, die ihn umtanzen. Von wem ist das Stück?«

»Axel von Ambesser. Kennt heute niemand mehr, aber in den Fünfzigerjahren wurde er häufiger gespielt als Brecht oder Zuckmayer. Interessant ist natürlich: Er hat seine Karriere schon in den Dreißigern begonnen. War sehr vielseitig: Schauspieler, Regisseur, Autor, hat auch bei vielen Filmen mitgespielt. Ein Gottbegnadeter auf der Goebbels-Liste von 1944, also musste er keinen Kriegsdienst leisten. Und nach ʼ45 gleich wieder obenauf. Hat Kabaretttexte geschrieben, viel als Filmregisseur gearbeitet: Der Pauker, Der brave Soldat Schwejk, Pater Brown und so weiter. Ein ganz wichtiger Unterhalter für die Kriegs- und Nachkriegsgesellschaft.«

»Und was ist nun das Abgründige in Herrn Gerstenberg?« »Jaaa, gute Frage. Ambesser lässt das im Grunde offen. Da ist der Drang nach Sex, der ihn zu der verruchten Lotte hinzieht. Dann wird da im Stück ziemlich viel gelogen, von Gerstenberg, aber nicht nur von ihm. Aber auffällig ist eigentlich, dass das materielle Denken, der Geschäftssinn, letztlich alles überlagert. Man könnte sagen, das Stück ist ein bisschen antikapitalistisch. Damit konnte Ambesser nichts falsch machen, als er mit dem Schreiben angefangen hat, 1937. Und 1946, als das

Stück rauskam, hat es auch wieder gepasst; da war ja sogar die CDU antikapitalistisch.«

Valentina war jetzt wieder an den Schreibtisch herangetreten. Dany erhob sich unwillkürlich.
Die Studentin lächelte. »Wenn dich das Thema so interessiert – was ist denn dein Abgrund?«
»Was für eine Frage!« Er lachte auf und wurde wieder ernst. »Vielleicht sollten wir was Essen gehen. Am Alleenring hat ein neuer Asiate aufgemacht. Scharfe Kürbis-Curry-Garnelen und so. Hinten raus sitzt man im Grünen.«
Valentina stand ganz nahe vor ihm. Die Luft schien zu flirren. Er berührte ihr Haar und zog sie zu sich. Beider Lippen öffneten sich, zart und doch begehrlich. Der Kuss dauerte länger als eine Minute. Dann schob Dany sie langsam zurück. »Garnelen?«
»O.K.«
»Lass mich kurz noch etwas schreiben.« Dany tippte auf seinem iPhone eine Nachricht an Anna, dass er noch länger arbeiten müsse und sie nicht auf ihn warten solle.
»Schöne laue Luft«, sagte er, als sie auf die Straße traten, und fing an, eine Liedzeile zu summen: A walk in the park, a step in the dark …
Und in der beginnenden Dämmerung machten sie sich auf den Weg.

HaRu Neidhardt

Aus ist's

aus ist's
mit der auster
der lebendig
verzehrten
wieviel köstliche speise
für innere dinner
hat sie fluten lassen
aus offenen schalen
bis zum finalen
clap!
hungrig starren wir
auf einbände
zerlesener bücher
wiederkäuer
die wir sind

zum Abschied von Paul Auster

Anne Chavez

Glückssträhne

Wenn Georg auf dem Weg zur U-Bahn an seinem Zeitungslädchen vorbeikommt und die Lottofahne sieht, fragt er sich manchmal, wie es wohl wäre, wenn er tippen und einen richtig fetten Gewinn machen würde. Das wäre eine Herausforderung. Es ist nur ein Gedankenspiel, denn er kann gut von seiner Beamtenpension und seiner Vorsorge fürs Alter leben, jetzt, wo das Alter da ist. Er braucht nicht viel. Das Einzige, was ihm fehlt, ist seine verstorbene Frau Fine. Das lässt sich leider nicht ändern, und ein Lottogewinn würde sie auch nicht wieder herbeibringen. Georg kauft in dem Kiosk seine Zeitungen und Zeitschriften, er hat immer wieder der Versuchung widerstanden, mal aus bloßer Neugier so einen Lottozettel auszufüllen. Das wäre reine Geldverschwendung, denkt er, nur für so ein bisschen Spannung. Nein, die Gewinnchancen sind verschwindend gering: Eins zu mehreren Millionen. Denn viele spielen dieses einfache, voraussetzungslose Spiel.

Im leichten Nieselregen bleibt er am Ständer mit der Zeitungsauslage unter der bunten Markise stehen, um sich über die Schlagzeilen aufzuregen, die die Boulevardzeitungen raushauen. Angewidert wendet er sich ab. Da tritt ein kleiner, kräftiger Mann, so um die sechzig, aus dem Laden und eilt schnellen Schritts davon. Georg sieht, wie ihm zwei Zettel aus der Manteltasche segeln. Er ruft dem Mann hinterher, bückt sich und hebt die Papierstücke auf. Der Davoneilende ist jedoch schon um die Ecke verschwunden. Als er ihm nachrennt, hat ihn die Menge der Menschen, die aus der U-Bahn-Station strömen, schon verschluckt. Georg betrachtet die Zettel genauer. Das eine ist ein Lotto-Tippzettel, mit acht ausgefüllten Kästchen, der andere die Quittung der Lottostelle. Einen Namen gibt es auf keinem der beiden Papiere. Was soll er mit dem Fund anfangen? Er denkt, die Tipperei bringt zwar eh nichts, aber andererseits kann man ja nie wissen. Die vom Regen angefeuchteten Zettel legt er in das kleinformatige Buch, mit dem er sich die Wartezeiten verkürzt, und steckt es wieder in die Manteltasche.

Am Abend, es ist Samstag, schaltet er den Fernseher für die Nachrichtensendung ein. Er ist etwas zu früh dran und bekommt mit, wie die Ziehung der Lottozahlen angesagt wird. Da fällt ihm sein Fund ein und er greift zu seinem immer bereitliegenden Notizblock, um die Zahlen zu notieren. Ein wenig selbstkritisch lacht er in sich hinein und kommentiert ironisch: Wirst gewonnen haben! Die Ansagerin ist sympathisch, denkt er, wie sie dem Gewinner Glück wünscht. Er holt die beiden Zettel herbei, nimmt die Quittung mit den ausgedruckten Ziffernreihen und vergleicht die Zahlen. Der erste Kasten: Fehlanzeige, der zweite und dritte ebenso. Doch dann, er kann es kaum glauben, fädelt sich eine richtige Zahl an die andere. Das ist doch nicht zu fassen. Alle richtig! Hauptgewinn! Sogar die Zusatzzahl stimmt. Das weiß Georg: Mit der Zusatzzahl knackt man den Jackpot. Vor lauter Aufregung muss er zur Toilette rennen. Danach ermittelt er die Gewinnsumme auf seinem Laptop: Achtundzwanzig Millionen Euro. Achtundzwanzig Millionen!

Er hat das dringende Bedürfnis, jemandem von diesem Vorkommnis zu berichten. Dann fällt ihm die öfters gehörte Empfehlung ein, dass man sich vor Glücksspiel-Schnorrern schützen muss. Aber Joschka, seinen Freund seit frühester Jugend, den wird er ins Vertrauen ziehen. Dem würde er sogar gerne etwas abgeben. Abgeben? Das Geld gehört ihm doch gar nicht! Er hat die Zahlen schließlich gar nicht angekreuzt, hat das Spiel nicht bezahlt. Das hat doch der Mann getan, dem die Scheine aus der Tasche geglitten sind. Hätte der achtundzwanzig Millionen verloren, vielleicht in einem Koffer, dann hätte er, Georg, doch den Koffer aufs Fundbüro gebracht. Was soll er nur tun?

Also greift er zum Telefon und ruft Joschka an. Der nimmt aber leider nicht ab. In der Nacht wälzt Georg sich hin und her, ermahnt sich, kühlen Kopf zu bewahren. Aber es hilft wenig.

Am nächsten Morgen steht ein völlig übernächtigter Georg bei Joschka vor der Tür. Der mustert ihn verwundert. »Mensch, Georg, was ist passiert? Wo brennt's?«, fordert er seinen Freund zum Sprechen auf.

Georg erzählt ihm die Geschichte in allen Einzelheiten, seine Sorgen damit und schließt mit den Worten, es könne wohl nicht sein, dass man so einfach achtundzwanzig Millionen auf der Straße finde und nicht wisse, wem die rechtmäßig zustünden.

Joschka fasst sich an die Stirn und sagt:

»Das Erste, was du dir für das Geld kaufen musst, ist ein Gewissenserweiterer.« Er lacht.

Aber Georg ist nicht nach Lachen zumute. Er fragt Joschka, ob es nicht sinnvoll wäre, eine Anzeige aufzugeben oder in den sozialen Netzwerken nach dem Mann zu forschen. Er könne ihn ja ungefähr beschreiben.

»Bist du verrückt? Das ruft doch nur jede Menge Betrüger auf den Plan.« Joschka lacht ihn aus. »Man kann es mit der Gradlinigkeit wirklich übertreiben.«

Dann kommt Georg ein neuer Gedanke. »Sag mal, ist das nicht einfach Diebstahl? Müsste ich die Zettel nicht zum Fundbüro geben?«

»Und dann?«, kontert Joschka. »Keiner holt sie ab und sie werden versteigert? Du ersteigerst die dann? Komm, lass den Blödsinn. Diebstahl? Du kennst doch den Zettelausfüller gar nicht. Du tust ja gerade so, als sei der Fund und der Gewinn eine Strafe Gottes. Glaub mir, es ist ganz einfach: Du bist ein Finder und der Lottogewinn ist dein Finderlohn.«

Georg lässt das auf sich wirken, dann sagt er: »Ja, eigenartig, in diesem Fall ist Lohn und Gewinn wirklich ein und dieselbe Sache.« Ja, der Freund wird recht haben. Plötzlich wird Georg wieder unruhig. »Meinst du, der Priester in unserer Pfarrei könnte mir einen Rat geben?« »Um Gottes Willen, nein! Die Pfarrer finden immer einen Grund, warum man ihnen Geld anvertrauen soll. Damit du aller Sorgen los und ledig bist, nehmen sie das auf sich. Ha! Und damit sie Gutes tun können. Aber du hast den Zettel gefunden, nicht der Pfarrer. Das musst du allein mit deinem Herrgott ausmachen. Den Segen musst du schon aushalten.« Georg nickt bedächtig. Er fühlt sich beklommen, spürt Joschkas mitleidigen Blick, beruhigt sich aber, als der ihn mit der Frage ablenkt, was er denn mit dem Geld anfangen würde. Das wirkt. Nun kann er sein Unbehagen loslassen.

So gestärkt, geht Georg gleich am Montagmorgen zur Annahmestelle, um den Gewinn anzumelden. Joschka begleitet ihn zur weiteren moralischen Unterstützung. Der Kioskbesitzer ist ganz aus dem Häuschen und ruft die Lotto-Firma an. Die machen einen Termin mit Georg aus, sie wollen ihn beraten, denn nur wenige Leute können mit so einem hohen Gewinn klug umgehen.

Diese Beratung braucht Georg eigentlich nicht, denn Joschka und er entwickeln Pläne, wie das Geld am besten anzulegen sei. Darin hat Joschka als erfolgreicher Architekt Erfahrung. Er hilft Georg auch, sein Gewissen zu beruhigen. Das Geld sei bei ihm doch in guten Händen. Wer wisse schon, wie der andere Mann das Geld verschleudert hätte. Davon habe man doch schon gehört.

Joschka schlägt Georg vor, sein architektonisches Traumprojekt zu realisieren. Denn es war Joschka trotz seines hohen Standings als Architekt nicht vergönnt, einen richtig schönen Kindergarten zu bauen, bei dem es nicht auf den Euro ankam. Georg versteht das. Er hat zwar keine Enkel, aber das ist eine sinnvolle, auf die Zukunft gerichtete Idee. So werden einige der Millionen in ein Kinderfreu-Projekt gesteckt, und Georg sagt sich: So hat der ganze Stadtteil etwas davon, vielleicht auch der Lotto-Verlierer und seine Enkel. Ob der wohl jemals versucht hat, herauszufinden, was mit seinem verlorenen Tippzettel passiert ist? Möglich ist es, bei ihm ist der Mann aber nicht aufgetaucht. Die Lotteriebetreiber, das weiß Georg, sind zum Stillschweigen verpflichtet, und für sie ist sowie klar, dass nur der Besitzer der Lottoscheine der Gewinner ist.

Georg ist ein gewissenhafter Mensch. Er legt seine Millionen sinnvoll und nachhaltig an. Ab und zu führt er ein Zwiegespräch mit seinem Schöpfer, das zur beiderseitigen Zufriedenheit verläuft. Einmal ist er in Gedanken, als er an dem Kiosk vorbeigeht. Ihm fällt ein Witz

ein, den ihm Joschka kürzlich erzählt hat, um ihn auf-
zumuntern. Nun räuspert er sich innerlich und erzählt
ihn seinem Herrgott: »Ein Mann betet jeden Tag zu Gott,
er möge ihn doch im Lotto gewinnen lassen. Gott hört
sich das viele Tage lang geduldig an. Eines Tages platzt
ihm dann aber doch der Kragen und er sagt zu dem Be-
ter: ›Ich würd' ja gern für dich tätig werden, aber damit
ich eine Chance habe, kauf dir endlich mal ein Los.‹«
Georg grinst in sich hinein, besinnt sich einen Moment,
schaut schräg zum Himmel hoch, der heute strahlend
blau ist und fügt an: »Siehst du, so viel Tätigkeit ist gar
nicht nötig, es geht auch so. Nur mit Glück.«
Georg meint, aus den Wolken da oben schalle ihm ein
ebenso befreites Lachen entgegen wie das, das seiner
Kehle entströmt.

Anne Chavez

Valldemossa

Nur einen kurzen Winter hatten
Frédéric François Chopin
und Amantine Aurore George Sand
in der luxuriösen,
doch zugigen Kartause von Valldemossa
auf der warmen Insel im Mittelmeer.
Angefeindet von den Einheimischen.
Er erkrankt an Tuberkulose,
sie an Ungeduld.

Trappisten lehren Schweigen.
Chopin hatte seine Musik.
George konnte schreiben.

Manche finden ihren Gott
manche verlieren ihn im Schweigen,
wie der Trappist,
der nach Jahrzehnten aufgab.
Er wirkte gebrochen,
er hatte immer nur
mit sich selbst gesprochen.

Woher Chopin seine Musik hat?
Woher George Sand ihre Worte?
Wer hat ihnen geantwortet?
ungefragt, überall,
auch in der Kartause.

Chuzpe

Schaut ihm nach, wie er durch die Flure federt, elegantissimo, seinem italienischen Großpapa wie aus dem Gesicht geschnitten.

Die lackschwarzen Haare, nach hinten gegelt. Das blendend weiße Gebiss – seit Kurzem saniert, nun ja, nichts hält ewig, außerdem lenkt das umwerfende Perlen der Zahnreihen ab von Ballmanns grassierenden Geheimratslichtungen. Seht, er entschwebt den Kollegen, die ihm seinen unbegreiflichen Erfolg neiden, seine sensationellen Boni, umgesetzt in einen Maserati Granturismo Cabriolet mit 400 PS.

Wie macht er das, grübeln sie ihm hinterher. Sie hacken miesepetrig auf ihre Tastaturen ein. Missgünstig beißen sie herum auf Kugelschreibern mit Großraumminen in ihren Großraumbüros, während Enno Ballmann, Top-Kraft der Global Assekuranz, ein Solobüro sein eigen nennt.

Er lässt sich nicht in die Karten schauen! Sein Geheimnis hütet er, obwohl es ihm ohnehin keiner stehlen könnte … selbst wenn einer hörte, wie Ballmann akquiriert. Er ist nämlich im Bunde mit seiner phänomenalen Intuition. Sobald ihm das Callcenter einen potenziellen Neukunden vermittelt und Enno dessen Stimme am Telefon hört, formt sich in ihm ein Bild des möglicherweise einem Versicherungsvertrag nicht ganz Abgeneigten.

Er spürt, wie er dem Menschen am Ende der Leitung einen Abschluss servieren muss: Den Paragraphenhengst weist er auf versteckte Fußangeln hin; dem allzu Großzügigen dient er seine Servicedienste zu jeder Tages- und Nachtzeit an; den Ängstlichen beruhigt er mit der Solidität der Global Assekuranz; mit dem Leutseligen plaudert er über Gott und die Welt; die Wortkargen überzeugt er mit kantigen Sätzen ohne Kommata. Neunzigprozentige Abschlussraten machen Ballmann zu einer Stütze des Unternehmens.

Einmal im Jahr spendiert die Geschäftsleitung ihren Mitarbeitern einen Betriebsausflug de luxe, mit überraschendem Ziel und Programm. Heuer geht es in den schönen Odenwald, zu einem Gruseldinner mit Dr. Jekyll und Mr. Hyde auf Burg Frankenstein.

An einem Maitag mit Bilderbuchwetter besteigt die Belegschaft erwartungsvoll zwei geräumige Niederflurbusse mit Bordcafé.

Ballmann, stilsicher wie stets, erscheint im Cool Wool-Anzug von Armani (aus dem Süperiör Shop, einem Highend Secondhand-Laden vom letzten Urlaub in Istanbul – ein Schnäppchen, das noch ein paar Scheine für neue Reifen und Stoßdämpfer übrig ließ). Er nimmt Platz an einem der wenigen Einzeltische, bestellt einen Espresso und blättert in der Broschüre der Veranstalter, gefächert zur gefälligen Mitnahme am Einstieg des Busses angeboten.

Ein loses weißes Blatt fällt ihm entgegen. Ah, das Menü.

Um Mitternacht gebackener Blumenkohl mit geheimnisvoller Kräuterkruste
Mysteriöse Curryhühnersuppe mit Kokosmilch
Chicken & Chips aus dem Eastend mit Erbsensößchen
Mr. Pooles Duett von Schokomousse mit Obst

liest er. Chicken, Chips und Erbsensößchen, du lieber Himmel. Aber vielleicht ist ja das Drum und Dran der eigentliche Knaller.

Dr. Henry Jekyll hat zu einem Abend in sein Londoner Herrenhaus eingeladen, verrät ein Text, ergänzt durch lilarote Standfotos. Doch schnell legt sich ein dunkler Schatten über die Gesellschaft: Dr. Jekyll leidet an unerklärlichen Anfällen und scheint zunehmend die Kontrolle über sich zu verlieren.

Ballmann unterdrückt gequält einen Krampf im Unterleib. Der Espresso! Seine Magenschleimhaut … jaja, mehr Kontrolle … wo war er stehengeblieben? Da:

Wer ist der unheimliche Mr. Hyde, der sich im Herrenhaus bestens auszukennen scheint? Dann geschehen furchtbare Morde und ein dunkles Geheimnis wird gelüftet. Das Fest der Freude wird zu einem Fest des Schreckens …

Als wenn das in Aussicht gestellte Erbsensößchen nicht

schon Schrecken genug wäre, denkt Ballmann und macht es sich im Bussessel bequem.

Endlich taucht Burg Frankenstein auf, malerisch und gänzlich ungruselig von einer Anhöhe herab zwischen zartgrünem Laub hervorgrüßend. Ballmann und seine Kollegen schälen sich aus den Bussen. Wann, wenn nicht jetzt, ist die Gelegenheit zum Lustwandeln im Mai? Zu seinem Vergnügen erhält Ballmann hier seine bevorzugte Weinsorte, Pouilly Fumé, in ausgezeichneter Qualität. Mit fortschreitender Dauer des Tages wird er, der als arrogant und eigenbrötlerisch verschriene Dandy, zusehends gesprächiger.

Endlich, die Schatten werden schon länger, ruft ein Glöckchen zum Gruseldinner. Es wird im Odenwaldsaal serviert. Der fast fünf Meter hohe Raum, dessen Decke sich im Dunkel verliert, hat etwas von einem Rittersaal. Ballmann liest die Tischkarten und nimmt, neidisch beäugt von der Kollegenschaft, Platz gegenüber vom Direktor und dessen Stellvertreter, neben den Personal- und Buchhaltungschefs und deren Sekretärinnen.

Aperitifs werden kredenzt. Ballmann bliebe lieber beim Wein, trinkt aber, als der Chef ihm zuprostet, dieses eine Glas aus Höflichkeit mit. Cincin! Und Santé! Zum Wohlsein!

Es geht los mit dem laut Menükarte um Mitternacht gebackenen Kohl. Ballmann hat nach all den Alkoholika eigentlich kaum noch Hunger. Er knuspert an der ge-

heimnisvollen Kruste herum, lässt aber das meiste lie-
gen. Die mysteriöse Suppe ist überhaupt nicht sein Fall.
Zu viel wunderliches Gewürz, ein vermutlich steinaltes
Huhn. Er verzieht den Mund.

»Nun, Ballmann, schmeckt es Ihnen etwa nicht?«, erkundigt sich der Chef, der mit bestem Appetit gesegnet
scheint.

»Ach«, krächzt Ballmann, »Huhnsuppe war noch nie
mein Fall.«

»Hühnersuppe meinen Sie?«, mischt sich seine Sitz-
nachbarin ein.

Das hätte sie besser bleiben lassen. Oberlehrerinnen-
Allüren sind ihm zuwider. Ohnehin hat er, seit er neben
ihr sitzt, das Gefühl, er sei ein Fisch, der sich vor ihren
Angelhaken in Acht nehmen muss, sei es auch nur für
diese Nacht.

»Ich meinte H-U-H-N-Suppe, Gnädigste«, schnarrt Ballmann, »und ganz nebenbei ziehe ich ein Huhn mit ge-
schlossenem Schnabel vor.«

Befremdet blickt der Stellvertretende Direktor über den
Tisch.

»Cincin!«, ruft Enno leutselig und hebt sein Glas. Es ist
leer. Ein aufmerksamer Kellner gießt Wein nach. Enno
stürzt ihn hinunter.

Er sollte aufhören zu trinken, zu viel Alkohol beeinträch-
tigt seine Intuition, als ob er das nicht wüsste. Mit etwas zu viel Aplomb setzt er das Glas auf den Tisch, das
sogleich wieder aufgefüllt wird. Er greift danach – sei-

ne Tischdame aber auch. »Pardon, das war mein Glas«, wendet Enno mit einer fahrigen Bewegung ein, das Glas kippt um und Rotwein ergießt sich über Ballmanns Ärmel aus Cool Wool.

Porca miseria. Er könnte ihr den Hals umdrehen. Mühsam wahrt er die Contenance, als von der Tischseite gegenüber Kichern zu hören ist.

Nächster Gang. Fisch und Chips mit Erbsensößchen, erinnert er sich vage.

Was für eine Sorte Fisch soll das sein? Irgendwie hat das Beißgefühl etwas von Geflügel.

»Haben Sie den Fisch mit einem ertrunkenen Hähnchen verwechselt?«, fragt Enno den Kellner, der sich besorgt erkundigt, ob etwas mit dem Chicken nicht in Ordnung sei. Enno bemerkt die irritierten Blicke, dann seinen Fehler und rudert zurück. Er findet das Menü grauenhaft, vermeidet nun aber, sich darüber ein weiteres Mal zu exponieren.

Erneut spürt Ballmann den Angelhaken seiner Tischnachbarin, getarnt als Bedauern über ihr Missgeschick. Er geht nicht darauf ein.

Als die Teller abgeräumt sind, beginnt die Darbietung, mit kostümierten Schauspielern inmitten der Tischgesellschaft, als sei die ein Teil des Stückes. Eine nette Idee. Plötzlich ein Schrei – ein Bühnenmord – die Lösung der Rätsel folgt: Mit musikalischer Untermalung aus dem Off verwandelt sich der biedere Dr. Jekyll in das Monster Hyde, ein Augenblick, der Gänsehaut erzeugt. Applaus, die Kronleuchter flammen wieder auf und die ausgezeichnete Mousse au Chocolat setzt den Schlusspunkt.

Um dem Geplapper seiner Tischnachbarin zu entgehen, die seine Aufmerksamkeit erregen möchte, flüchtet Ballmann sich in einen Flirt mit der Sekretärin des Personalchefs und entlockt ihr mit seinem italienischen Charme bald ein reizendes Lachen. Finster löffelt der Personalchef seine Mousse. Enno fängt Schwaden von Groll auf. Er trinkt sein Glas aus und erzählt etwas von Hahnenkämpfen in der Türkei, und wie unglaublich deplatziert er das Theater um eine Henne findet.

»Nun, Kollege Ballmann«, mischt sich der Chef ein, »aber dass wir Konflikte und das damit einhergehende Bedürfnis nach Sicherheit als Grundvoraussetzung unserer Arbeit brauchen, werden Sie doch zugeben?«

»Natürlich«, stimmt Enno mit schwerer Zunge zu. Doch statt den rettenden Strohhalm zu ergreifen, gießt er Öl ins Feuer: »Trotzdem. Besitzansprüche auf Personen zeugen von mangelnder Souveränität.«

Jetzt wird es dem Stellvertretenden Direktor zu bunt. »Leute, die ihr Maß nicht kennen«, sagt er mit eisigem Tonfall, »haben ihre eigene Souveränität offenbar im Bus vergessen.«

Attento! Das war eine Attacke, denkt Ballmann, ausgerechnet von diesem Möchtegern-Frühstücksdirektor. Sein Blick wird lauernd. Ha! Die Ungereimtheiten in der

Bilanz, über die in jüngster Zeit getuschelt wird. Zahlen-
kolonnen tanzen vor seinem inneren Auge.

»Aber das Maß kennen und es zu seinem Vorteil um-
frisieren, ist in Ordnung?«, stößt er hervor, sich selber
wundernd über seine Chuzpe.

»Herr Ballmann, ich bitte Sie …«

Der Tisch ist in Aufruhr. Stühle werden abrupt gerückt,
empörtes Stimmengewirr. Ballmann wird aus verschiedenen Richtungen mit Blicken erdolcht.

Der Starakquisiteur erhebt sich so lässig, wie es sein
Zustand ihm noch erlaubt, und wankt zur Theke. Er bestellt ein Taxi, um den aufgeregten, süffisanten und hä-
mischen Kommentaren zu entgehen, die wie ein Kugel-
hagel hinter ihm einschlagen. »Was erlaubt sich dieser
Parvenü!« »Sie Quotenprinz!« »Lackaffe!« »Unverfrore-
ner Schnösel!«

Wer mit dem Vorschlaghammer hantiert, braucht einen
soliden Standplatz. Ballmanns Tiefschlag, treffend, aber
unüberlegt ausgeführt, beförderte nicht etwa den An-
gegriffenen ins Off, sondern den Herrn Starakquisiteur
selbst. Er wurde hinaus aus seinem Solobüro zur Global
Assekuranz in Bologna versetzt, aus betrieblichen Grün-
den – auch dort durchaus geschätzt und beachtet, aber
stets im Einklang mit dem Wohl der Firma.

*Die kursiv gesetzten Textteile wurden entnommen von:
gruseldinner.de*

Thomas Ormond

Diebe

»Dieser kleine Scheißkerl! Ich hatte gleich ein ungutes Gefühl. So'n Dunkelhaariger, Stoppelbärtiger. Ungewaschen – aber flink. Ist da im Gedränge immer an mir drangeblieben. Die Brüder sind ja raffiniert. In dem Moment, wo ich abstoppen und Leute vorbeilassen musste, hat er mir offenbar in die Tasche gegriffen. Das waren vielleicht zehn Sekunden, ich hab gleich nachgefühlt, aber da war der Reißverschluss schon offen und die Börse mit den englischen Pfund von meiner letzten Englandreise war weg. Und der Kerl natürlich auch. Ich bin extra noch zur Wache, da haben sie mich 'ne geschlagene halbe Stunde warten lassen und dann müde abgewinkt. Katrin hat wirklich recht: Man kann nicht mehr durch den Bahnhof durchgehen. Die Polizei schaut weg, wenn sie überhaupt da ist. Eigentlich kann man überhaupt nicht mehr Bahn fahren. Kein Zug ist mehr pünktlich und die drei letzten Male, die ich ICE gefahren bin, war immer was kaputt, mindestens die Küche im Speisewagen …«

Joachim hatte sich in Rage geredet und lockerte nun den Knoten seiner blausilbernen Krawatte. Der Mund war mit einem leichten Ausdruck von Ekel verzogen, die Nase gerümpft und die hohe Stirn und die babyflaumigen Wangen waren deutlich gerötet. Sein Gegenüber, ein etwas jüngerer Mann im dunkelblauen Zweireiher, nickte zustimmend. »Ja, der Tanja ist kürzlich auch so was passiert, mitten auf der Mönckebergstraße. Ihr wäre beinahe die Handtasche von der Schulter gerissen worden. Das waren zwei ganz junge Mädchen, so mit dunklem Teint, wahrscheinlich Bulgarinnen. Tanja hat sich gerade noch zur Seite drehen können – sie ist ja sportlich – und die Tasche wieder an sich gerissen. Es ist wirklich nicht mehr sicher auf den Straßen.«

Der Kellner kam an den Tisch. »Wollen die Herren schon etwas trinken?«

»Erst mal 'n Wasser. Con gas. Aber wir schauen noch durch die Karte.«

Joachim deutete auf den Nebentisch, wo gerade ein großes Steak serviert wurde. »Die machen schon prima Steaks, keine Frage. Man kann es hier richtig blutig kriegen. Aber auch die Paella ist nicht zu verachten. Und Meeresfrüchte überhaupt, da haben sie einiges. Als Rotwein kann ich die Chilenen empfehlen; der Almaviva ist richtig gut. Oder zur Paella auch Weißwein von dort. Kennt man bei uns nicht so, aber der Sauvignon Blanc vom Aconcagua ist genauso gut wie ein Franzose, nur viiiel preiswerter …«

Der Kellner kam mit dem Wasser zurück, und die beiden Männer gaben ihre Bestellungen auf. »Ja, lass uns von was Erfreulicherem reden. Was machen Tanjas Pferde? Und eure Kids?«

»Och, den Pferden geht's gut, die werden ja sorgsam gepflegt, und von Tanja nicht zu oft geritten …« Der Zweireiher lachte herzhaft. »Die Ältere ist in Frankreich zum Segeln. Und unser Kleiner macht Sprachkurs in Southampton. Und bei euch?«

»Alles im grünen Bereich. Die Lilly kommt jetzt ins dritte Semester Jura. Oskar muss fürs Abitur büffeln und Franziska ist das erste Mal allein im Ausland, bei einer Familie in Florida. Ja, und Katrin und ich haben sie hingebracht und das Nützliche mit dem Angenehmen verbunden. Wir waren auf dem Rückweg eine Woche auf Grand Cayman. Diesmal war ich das erste Mal überhaupt an der Seven Mile Beach, dafür hat sonst nie die Zeit gereicht. Richtig schön, muss ich sagen, da kann man sich dran gewöhnen.«

Der Ober brachte die Steaks – die Vorspeise hatten sie ausgelassen – und den Wein. Joachim sah auf die Flasche und hob den Zeigefinger. »Weißt du was? Ich könnte eigentlich 'nen Schampus gebrauchen. Ich lad' dich ein. Die haben gar keine schlechte Auswahl. Hier wird öfter gefeiert.« Er winkte den Kellner herbei. »Manuel, einen Dom Pérignon, aber den 08er!«

»Nanu, gibt's 'nen besonderen Anlass? Hat sich eure Lilly verlobt?«

»Nein, nein, viel besser. Unsere Steuergeschichte. Es sieht günstig aus. Mein Vater hat sich schon kräftig eingesetzt, und jetzt hat wohl der Olaf selbst bei der Abteilungsleiterin angerufen.«

Sein Tischpartner pfiff leise durch die Zähne. »Das sind die vierzig Millionen …?«

»Mhm. Naja, wir sind eines der wichtigsten Unternehmen der Hansestadt und haben uns um das Gemeinwesen schon öfters verdient gemacht. Ich hab grad vor einigen Tagen einen Zehntausender-Scheck ans Thalia ausgeschrieben. Die wissen schon, was sie an uns haben …« Die Champagnerflasche wurde gebracht und entkorkt. Das schäumende Getränk floss in die beiden Kelche. Joachim schnüffelte leicht und erhob sein Glas. »Auf ex – und cum!«, lachte er vergnügt. Die Gläser klangen aneinander. Der Blick der beiden ging durchs Fenster auf die Straße, wo der andere Kellner gerade dabei war, einen Penner zu verjagen, der sich an der Hauswand neben der Restauranttür niederlassen wollte. »Kuck dir das an! Die werden immer schamloser. Wie die Diebe …« Und mit einem Kopfschütteln wandte sich Joachim seinem Steak zu, aus dessen Poren das Blut sickerte.

Katharina Wolff

Vor Weihnacht – Zeit der Erwartung

Das Telefon klingelte. Josef war gerade zur Tür hereingekommen und nahm den Hörer des auf der kleinen Konsole im Flur stehenden alten Telefonapparats auf.

Das ist doch gar nicht ihre Zeit ging es Josef durch den Kopf, als sich seine ältere Schwester am Telefon meldete. Der Sonntagabend war ihr doch heilig. Da saß die brave Magdalena mit ihrem Ehemann Werner vor dem Fernseher und schaute Tatort. Dieses sorgfältig austarierte Vorstadtgrauen, bei dem nach neunzig Minuten der Täter regelmäßig gefasst und die Welt wieder in Ordnung war – bis zum nächsten Wochenende. Was brachte sie dazu, ihre heiligen Riten zu brechen?

»Vater ist tot«, sagte Magdalena. »Erhängt. Im Schweinestall. Wahrscheinlich heute Nachmittag – sagt die Polizei.«

Josef antwortete nichts. Bilder kreisten in seinem Kopf. Der Stall, den er immer gehasst und schon seit Jahren nicht mehr betreten hatte, wie sah der heute eigentlich aus? Die Erinnerung an den Raum in sein Gedächtnis zu rufen, fiel ihm schwer. Wo konnte man sich dort aufhängen? Gab es Streben, Balken? Eng war es gewesen zwischen den Tieren, daran erinnerte er sich gut. Die Decke nicht hoch. Die Luft erdrückend. Er hatte getan, was er tun musste, und die Schweine im Auftrag des Vaters gefüttert. In der Früh, bevor er zu Schule hastete. »Da kommt er, der Schweinejunge!«, riefen die Kameraden, die für ihn doch keine waren, wenn er sich im Laufschritt der Schule näherte, und sie hielten sich ostentativ die Nase zu, wenn er zu seinem Pult am Rand der letzten Reihe schlich. Lange hatte er gebraucht, bis er diesen stechenden Gestank der Schweine hinter sich gelassen hatte diese Mischung aus Wärme und Gülle und klebrigen Futtermitteln.

Die Schwester beschrieb die Ereignisse knapp und sachlich. Der Vater am Balken aufgehängt, seinen Tieren eine besondere Zwischenmalzeit bietend.

Josef lachte auf. Zu grotesk erschien ihm das in seinem Kopf erscheinende Bild : Der Vater, dieser ewige Tyrann am Balken baumelnd, umgeben von ekstatisch quiekenden Schweinen, freudig erregt ob der unverhofften Zwischenmahlzeit. Dort, in diesem ganzen Dreck, zwischen den laut quiekenden und stinkenden Schweinen sollte sein Vater hängen? So hoch war die Decke doch gar nicht – Zwei Meter fünfzig höchstens. Ein Meter achtzig maß der Vater. Nun, irgendwie hatte der Alte es ja geschafft. Der letzte Schweinebauer am Ort, der immer mit beiden Beinen auf dem Boden gestanden hatte, hing nun in der Luft. Der Mann, für den kein Mann war, wer sich nicht die Hände dreckig machte. Er, der immer für seine Tiere gelebt hatte, gab ihnen auch am Ende alles.

»Du lachst?«, hörte Josef seine Schwester aus der Ferne fragen. Den Hörer lose in der Hand haltend blickte Josef sich um. Hier stand er in seiner kleinen, aber sorgfältig eingerichteten Wohnung in der großen Stadt. Kein Schweinestall weit und breit.

»Entschuldige«, sagte Josef. »Ich habe gerade an etwas anderes gedacht.« Er holte tief Luft. »Das ist ja schrecklich. Wie ist es passiert, wie konnte es so weit kommen?«

»Dieter hat ihn gefunden. Als Vater nicht zum Abendbrot kam, ist er noch mal in den Stall.«

Sein jüngerer Bruder wohnte mit Mitte dreißig noch immer zu Hause und ließ sich weiterhin von Muttern bedienen. Der Kleine eben, der Jüngste, der nie groß werden konnte oder wollte. Der Liebling.

»Mutter ist völlig aufgelöst«, fuhr Magdalena fort. »Sie braucht uns«, sagte sie bestimmt. »Uns alle! Dich auch. Wann kommst du?«

»Ich muss morgen früh noch mal ins Geschäft, eine Kundin kommt zur Anprobe wegen ihres Hochzeitskleids. Sie heiratet. Das kann ich unmöglich verschieben«, sagte Josef.

»Natürlich«, sagte Magdalena eisig. »Vater ist tot, und du …«

»Ich komme, sobald ich kann«, sagte Josef knapp. »Wann ist die Beerdigung?«

»Am 24. um zehn Uhr. Früher gibt die Polizei die Leiche nicht frei. Und der Pfarrer braucht die Kirche später für den Kindergottesdienst am Mittag.« Die Schwester hatte mal wieder alles geregelt. Bestimmt, so wie sie es wollte. Wie immer.

»Ich werde da sein«, sagte Josef und legte auf, ehe seine Schwester ihn zu Weiterem nötigen konnte.

Nichts, was Josef gemacht hatte, war dem Vater recht gewesen. Dass er den Hof nicht übernommen hatte. Damit hatte es angefangen. Dass er in die Stadt gegangen war, hatte es nicht besser gemacht. Dass er diesen weibischen Beruf erlernt hatte, hatte sein Vater ihm nie verziehen. Und die Sache mit Marion. Die hatte seine Mutter ihm noch mehr verübelt als sein Vater. Dass sie nicht geheiratet hatten, dass sie am Ende doch auf dem Hof ihrer Eltern geblieben war, ihn später sogar übernommen hatte. Und dass er in die Stadt gegangen war, das hatten sie alle als Verrat gesehen. Auch wenn sie es nie so deutlich formuliert hatten. Und dass er dort auch noch eine Schneiderlehre aufgenommen hatte, das war für den Vater das Schlimmste gewesen. Sein Vater hatte getobt – ob er schwul sei, nicht ganz bei Trost, ein solches Frauenwerk zu tun, was das Dorf denken solle! Drei Wochen hatte er kein Wort mehr mit ihm gesprochen und später nur noch das Nötigste und das war mit den Jahren noch weniger geworden. Die Schneiderei war nicht sein Traumberuf gewesen. Aber es gab eine Lehrstelle und die Arbeit wurde bezahlt. Schlecht zwar, aber genug, um auf den Alten nicht weiter angewiesen zu sein.

Und am Ende war es ausgerechnet der Vater, der eingeknickt war. Er, der immer Härte gegen sich selbst und gegen andere – vor allem gegen andere – gepredigt hatte, kapitulierte vor dem elenden Erstickungstod, in den ihn die erst vor wenigen Monaten diagnostizierte Krankheit führen sollte. Der Vater, der letzte Schweinebauer am Ort, hatte aufgegeben und sich seinen Tieren hingegeben und sich ihnen zum Fraß vorgeworfen. Josef fröstelte. Er drehte die Heizung weiter auf.

HaRu Neidhardt

Einst focht mit Worten

einst focht
mit worten
um das wesen
der liebe
der von der vogelweide
mit dem von reuental

walther ehrte
die minne
nîthart zog ihr
die fürstenkleider
vom leib
er bettete sie
singend auf
strohsäcke
in bauernstuben
doch führte walther
ins freie
minnes schwester
die schöne
aus milch und blut
unter die linden
zum tandaradei

Anne Chavez

Ab ins 16. Parallel-Universum

Den ganzen Tag schon beschäftigte sich Professor Terry Atkins mit komplizierten Gleichungen zur neuesten Kosmologie. Vor seinen Augen verschwammen bereits die Zahlen, als seine wissenschaftliche Assistentin Sylvie Everly in sein Büro kam. Er schätzte Sylvie einerseits wegen ihrer Genauigkeit, andererseits aber auch wegen ihrer Fantasie und Vorstellungskraft. Außerdem war sie eine frische, junge Frau mit einem freundlichen Gemüt. Heute referierte sie ihm die allerneuesten Theorien. Was, wenn die eines Tages wahr würden? Er musste sich an der Tischkante festhalten, so sehr drehte sich alles in seinem Kopf. Sylvie, vertieft in ihre Ideen, erklärte am Ende: »Das sind durchaus ernstzunehmende Argumente dafür, dass wir uns mitsamt unserem Universum in einem Schwarzen Loch befinden. Und da wir ja inzwischen von vielen Schwarzen Löchern wissen, muss es auch unendliche viele Universen geben.«

Terry rappelte sich zusammen, lachte und sagte: »Ja, wenn!«

Aber Sylvie sprach weiter: »Und da gibt es eine frappierende Schlussfolgerung: Wenn es unendlich viele Universen gibt, dann müsste es auch eines geben, dass unserem sehr ähnlich ist oder sogar eins, das mit unserem identisch ist, also ein Paralleluniversum.«

Sie zeigte ihm die Kernstellen des wissenschaftlichen Textes und der Berechnungen in einem renommierten Wissenschaftsmagazin, und gemeinsam rechneten sie die angegebenen Formeln nach. Rein mathematisch stimmte es auf den ersten Blick. Das müsste man noch mal genauer durchdenken, meinte Terry. »Da sollten wir noch mal prüfen, ob die Prämissen überhaupt stimmig sind.«

Doch dann ergriff ihn der Schalk. »Wenn es rein mathematisch ein Zwillingsuniversum gibt, warum nicht gleich mehrere? Vielleicht sitzen wir im 16. Paralleluniversum einer Macht, die sich einen Scherz daraus macht, zu beobachten, wie sich alles sechzehn Mal so zwillingshaft fügt.« Dann wurde er wieder ernst, zeigte noch einmal auf die ausschlaggebende Formel und sagte: »Und was ist, wenn unser Universum eines Tages aufhört, sich auszudehnen, die Entropie immer größer wird und der Umkehrprozess beginnt?« Sylvie betrachtete ihn etwas kritisch und bemerkte: »Könnte es nicht sein, dass das Prinzip, dass alles endet, nur unsere irdische Sphäre betrifft, nicht aber die kosmische?«

Auf diese Frage hatte Atkins keine Antwort, denn der Theorie des Big Crunch, dass unser Universum sich auf einen Punkt verdichten und danach ein Big Bang wieder alles in Bewegung setzen würde, standen andere nicht minder rationale Erklärungen entgegen. Nach der Quantentheorie war so vieles möglich, was selbst einen Mathematikbegeisterten wie ihn verblüffte.

Nachdem Sylvie sein Büro verlassen hatte, verfiel er in weiteres Sinnieren, wobei ihm wieder ein wenig schwindlig wurde. Das passierte jetzt manchmal am Ende eines arbeitsreichen Tages, wenn er zum Vergnügen seine kleine Seele in die Unweiten des Universums gleiten ließ. Heute flog er von einem Schwarzen Loch, also von einem Universum, zum nächsten. Er schreckte auf, als er sich vorstellte, wie babyjung er dabei würde. Er beschloss, dass es an der Zeit war, für heute die Rechner herunterzufahren und das Institut zu verlassen.

Terry verließ sein Büro, fuhr mit dem Fahrstuhl ins Parterre, ging zerstreut grüßend am Concierge vorbei. Als er auf den Ausgang zuschritt, fiel sein Blick auf das Portrait des Mannes, das rechts neben der Drehtür hing. Aus dem Bild starrten ihm die Augen des Gründers dieses Instituts entgegen. Diese Augen, dachte Terry, wirken heute besonders verzweifelt. Wie zum Gruß legte er seine rechte Hand an die Stirn und murmelte: »Kein Grund zur Sorge, Vater. Das Institut läuft immer noch wunderbar.«
Terry trat aus dem Institut, das Adam Atkins als Großindustrieller mit einer Schwäche für die Astronomie vor einem Lebensalter gestiftet hatte.

Noch etwas benommen von seiner anstrengenden geistigen Arbeit bemerkte Terry kaum, dass er auf die geöffnete Hintertür eines schwarzen Autos zuschritt, seine Aktentasche auf den entfernteren Sitz schleuderte und sich niederließ. Der Fahrer des Autos schloss die Tür, ging um das Heck herum und setzte sich ans Steuer. Terry schaute aus dem Fenster auf das Institut und dachte wieder an seinen Vater, der die Ordnung geliebt und sich deshalb der Himmelskunde verschrieben hatte, obwohl er ein sehr unordentliches Leben mit mehreren Frauen und zehn Kindern geführt hatte. Er hatte sein Vermögen mit Mikroskopen, Lupen und Fernrohren erworben, also mit optischem Gerät, das der wissenschaftlichen Arbeit diente. Noch heute benutzte man am Atkins-Institut in der Sternwarte das berühmte Atkins-Teleskop, von dem viele Exemplare in alle Welt geliefert worden waren.

Terry stöhnte vor Müdigkeit, dann wurde er gewahr, dass der Mann am Steuer ihn angesprochen hatte. Er beugte sich etwas vor und der Chauffeur fragte: »Wo soll's hingehen?«

Terry war etwas verwirrt, denn das war nicht der Fahrer seines Vaters, der ihn immer von der Schule und vom College abgeholt hatte.

»Tja, wo soll es hingehen?«, wiederholte er und seufzte. »Am besten ins nächste, nicht so bald kollabierende Universum.«

Der Mann lachte und ließ den Motor an. Das Taxi kreuzte durch die Straßen, Terry sah die vielen Lichter der

Stadt wie Sterne am Himmel blinken. Seinen Vater hatte die kosmische Ordnung angezogen, bei ihm war das anders. Für ihn war ausschlaggebend, dass vieles noch im Dunkeln lag, und im Wissen um das Weltall alles ständig im Umbruch war. Plötzlich gab es einen Ruck und der Wagen hielt.

»Da wär'n wir, Herr Professor«, sagte der Lenker des Taxis und riss Terry aus seinen Gedanken.

Er schaute auf das Gebäude vor ihm, er sah Universum in greller Beschriftung über dem hell erleuchteten Eingang. Er stieg aus, hörte, wie der Chauffeur etwas hinter ihm herrief. Er hatte nichts verstanden, wollte sich umwenden und nachfragen.

Da trat ein Mann im dunklen Anzug mit gepflegtem Äußeren auf ihn zu, deutete auf das Lokal und sprach mit schmeichelnder Stimme: »Mein Herr, treten Sie ein, wir werden Sie gern bedienen.«

Jetzt bemerkte Terry, dass er seine Aktentasche im Auto vergessen hatte, doch der freundliche Mann lenkte ihn wieder ab, indem er die Vorzüge des Lokals anpries: »Ausgezeichnete Getränke, erstklassige Küche und die Gesellschaft der Frauen ist einmalig.«

Terry überlegte kurz: Ja, Hunger hatte er, den ganzen Tag hatte er noch nichts Richtiges gegessen, er hatte es einfach vergessen. Bereitwillig ließ er sich von dem Portier die paar Stufen hoch ins Lokal führen. Gleißendes Licht blendete ihn, aber nicht lange, denn bald betraten sie einen abgedunkelten Raum, der sehr gemütlich wirkte mit seinen glänzenden Lacktischen, mit den in dunkelrotem Samt ausgeschlagenen Sitzkojen und den einladenden, dazu passenden Sesseln. Total erschöpft ließ er sich in so ein elegantes Möbel fallen und harrte der Dinge, die da kommen würden. Terry blickte sich um; er war der einzige Gast.

Er schloss die Augen, und es stellte sich ein Bild ein von einer Fabrik, in der unheimliche Maschinen aus Fleisch und Blut bunte Träume herstellten, die sich zu Seifenblasen formierten. Die Seifenblasen schwebten aus den großen, offenen Fenstern der Fabrik, ließen sich nieder auf einem Fluss, wo Fischer saßen und mit Keschern nach ihnen angelten. Auf den Bäumen in der Nähe wuchsen frauenähnliche Wesen mit großen Köpfen. Rosafarbene, nach Blüten duftende Nebelschwaden begannen, sie zu umhüllen und sie fielen eine nach der anderen von den Bäumen.

Helles Stimmengewirr riss ihn aus seinen Träumen. Er öffnete die Augen. In den Sesseln an seinem Tisch saßen drei nett anzusehende junge Frauen, von denen eine seine Assistentin Sylvie war. Er musste wohl eingeschlafen sein.

Er wandte sich der blonden Sylvie zu: »Sylvie, wie sind Sie denn hierhergekommen? Ich dachte, Sie seien noch im Institut. Da waren Sie ja fast schneller als ich.«

Sie schaute ihn verblüfft an, dann errötete sie.

»Sind Sie Professor Atkins?«, fragte sie.

»Aber ja, Sylvie, jetzt lassen Sie doch dieses Spielchen.«

Er lachte, aber sie ließ sich von seinem Lachen nicht anstecken, im Gegenteil, sie machte ein recht sorgenvolles Gesicht.

»Aber Sylvie, was ist mit Ihnen, ist Ihnen nicht gut?«

Sie antwortete nicht. Ihre beiden Gefährtinnen, die ihn eigenartigerweise auch an Angestellte im Institut erinnerten, beugten sich zu ihr und flüsterten ihr etwas zu.

Die Blondine wandte sich ihm jetzt zu und sagte: »Ich bin nicht Sylvie, ich heiße Monique.«

Terry Atkins war verblüfft. »Aber diese Ähnlichkeit!« Da er an kosmische Verblüffungen viel krasserer Art gewöhnt war, fragte er nicht weiter.

Doch die junge Frau dachte für ihn und sagte: »Sylvie ist meine Zwillingsschwester, wir sind eineiige Zwillinge. Ich arbeite hier im Universum.«

Terry schaute sie kritisch an. Sonderbar das alles. Was ist denn das für ein Universum, wo Zwillingsschwestern von Doktorandinnen an solchen Rotplüsch-Orten weilen? Und arbeiten? Was arbeiteten die denn? Er schaute sich um.

Da lächelte Monique ihn an und sagte: »Herr Professor, darf ich Sie in meine Welt entführen?« Dabei schaute sie ihm sehr verführerisch in die Augen. »Aber keine Bange, meine Freundinnen und ich würden erst mal einen wenig Champagner, einen Rilly-la-Montagne trinken.«

Durstig war der Professor auch. Aber Champagner und ihre Welt? Er wusste doch, wie so etwas seinen Vater in den frühen Tod getrieben hatte. So eine Kluge wie

Sylvie, die hätte wohl eine Chance bei ihm, aber die war leider viel zu jung.

»Mein liebes Kind«, sagte er, »nein, von diesem Apfel esse ich nicht.« Er schaute ihr in die Augen und gleichzeitig entschuldigend sowie verbindlich lächelnd fügte er hinzu: »Liebe Eva, das geht leider nicht.«

»Aber Herr Professor, warum sind Sie denn dann hierher gekommen?«

Er dachte kurz nach, fand in einer seiner vielen Astrophysik-Synapsen einen plausiblen Grund. »Weil unser Universum sich ausdehnt, hat mich der kosmische Zufall heute hierher geschleudert.«

Er nahm ihre Hand, hauchte einen Kuss darauf und fuhr fort: »Mein Kind, können Sie mir bitte ein Taxi bestellen?«

»Ja, Herr Professor, aber nur, wenn Sie Sylvie nicht erzählen, wo Sie mich getroffen haben.«

Er nickte.

Sie winkte einen Kellner herbei. »Jacques, bitte bringen Sie den Herrn Professor zu einem Taxi nach draußen.«

Der Kellner riss die Augen erstaunt auf und hob ratlos die Schultern, doch Monique zwinkerte ihm zu und gab ihm so zu verstehen, dass er ihrem Wunsch folgen sollte. Terry rappelte sich auf, er war wirklich hundemüde. Zum Abschied verbeugte er sich vor jeder der jungen Frauen und wankte am Arm des Kellners hinaus. Fast wäre er die Außentreppe zur Straße hinuntergestolpert, doch der Portier erwischte ihn noch schnell am Ellbogen.

Wieder öffnete sich ein Wagenschlag und Terry stieg ein. Ah, da war ja auch seine Aktenmappe, wo kam die denn auf einmal her?

»Oh, Herr Professor, Sie sind ja schon zurück! Nun, wie war's im Universum?«, fragte der Taxifahrer.

»Eigenartig, lauter Menschen, die Personen, die ich kenne, sehr ähnlich sehen. Ein seltsamer, sehr befremdlicher Ort.«

»Und wo soll's jetzt hingehen?«, fragte der Mann. Ohne eine Antwort abzuwarten, sprach er weiter: »Ich weiß noch einen tolleren Club, wo ich die Mitarbeiter vom Atkins manchmal hinfahre. Ins Galaxis. Das ist vielleicht eher nach Ihrem Geschmack.«

Und schon ließ er den Motor an, wendete das Auto und fuhr in die entgegengesetzte Richtung. Eigentlich wollte Terry lieber nach Hause, aber er fügte sich, weil er hoffte, er bekäme dort, wo der Fahrer ihn hinlenkte, etwas Gutes zu essen. Plötzlich hielt das Taxi.

»Ein Stau?«, fragte Terry.

»Ich weiß nicht. Es sind viele Menschen unterwegs.«

Der Fahrer ließ sein Fenster herunter und Musik drang ins Autoinnere. Tanzmusik. Terry schaute aus dem Fenster, überall flackerten Lichter. Wie früher in den Discos, dachte er. Als Terry sich ein wenig orientiert hatte, sah er halbnackte Frauen und Männer auf der Straße tanzen. Er schaute die merkwürdigen Gestalten an und plötzlich wusste er, dass Sylvie recht hatte: Er saß gerade in einem weit entfernten Schwarzen Loch, in einem ganz anderen Universum. Nichts, meinte er, konnte ihm fremder vorkommen. Und noch etwas wurde ihm zur Gewissheit: Es musste eine Vielzahl von Universen geben. Er spürte das. Denn so wie sein Institut ein ganz anderer Ort war als das Lokal, in das es ihn heute Abend verschlagen hatte, so musste es auch Welten geben, in denen andere als die ihm vertrauten Gesetzmäßigkeiten galten. Noch einleuchtender, ja geradezu zwingend fand er auf einmal, dass es Paralleluniversen gab. Dann gäbe es diese Stadt, diese Straße, die Musik und die sonderbaren, tanzenden Gestalten, den Taxifahrer und auch ihn selbst noch einmal. Und wie tröstlich war der Gedanke, dass es nicht so schlimm wäre, wenn dies alles oder er verloren ginge. Alles und alle waren ersetzbar. Des Professors müder, etwas denkfaul gewordener Kopf fiel ein wenig zur Seite. Ach ja, dachte er, und was ist dann mit den sechzehn Paralleluniversen? Warum nur sechzehn? Warum nicht mehr? Er schloss die Augen und damit die grelle Helligkeit von draußen aus. Die leiser werdende Musik und die Kommentare des Fahrers lullten ihn ein, es war lediglich ein Rauschen, das kosmische Nebenbei. Er wollte jetzt einfach etwas ruhen. Für heute war es genug. Warmer Schlaf, der sich langsam aus der Dunklen Materie des Weltalls schälte, näherte sich ihm und nahm ihn in Empfang.

Thomas Ormond

Taxi im Mai

»Da vorn ist kein Durchkommen mehr, Monsieur.« Der junge Mann mit den scharfgeschnittenen Zügen wandte sich zu seinem Fahrgast im Fond des Peugeots um. »Die Polizei hat offenbar die Bahnhöfe abgeriegelt. Damit ist jetzt auch die Rue St. Lazare blockiert. Soll ich drehen und es mit einer weiträumigen Umfahrung versuchen?« Der Filmproduzent blickte von seinem Skript auf und rückte seine Hornbrille zurecht, um nach vorne aus dem Fenster zu sehen. Vor ihnen stauten sich hupende Autos. In der Entfernung konnte man eine schwarze Reihe behelmter Polizisten erkennen. Von irgendwoher waren rhythmische Sprechchöre und Unverständliches aus einem Lautsprecher zu hören. Dann erhob sich, auf- und abschwellend, eine vielstimmig gesungene Melodie, die wie die Internationale klang.

Der junge Mann räusperte sich. »Es kann leider sein, dass mein Benzin nicht reicht. Die Tankstellen waren in den letzten Tagen fast alle geschlossen. In Clichy soll noch eine offen haben …«
Samy war auf der Rückreise von Vertragsverhandlungen

in Prag zu seinem Appartement im 16. Arrondissement. Er litt unter Arthrose in den Knien und hasste das Treppensteigen und das Gedränge in der Metro, die dazu seit Wochen nur noch selten fuhr. Aber er hatte sich nicht klargemacht, dass die Streiks und Demonstrationen in diesem Mai 1968 mittlerweile auch den Taxiverkehr und ihn persönlich treffen könnten.

»Wie heißen Sie?«, fragte er den Fahrer. »Sie haben mich doch vor einigen Monaten schon einmal gefahren.«

»Kemal, Monsieur. Ja, Sie kamen auch damals vom Flughafen …«

Der junge Mann machte einen intelligenten Eindruck, und Samy begann, ihn auszufragen. Es stellte sich heraus, dass er aus einem Dorf nahe der Stadt Adrianopel stammte, in der Samy selbst als Samuel Kemal geboren war, zu einer Zeit, als noch der Sultan herrschte. Der junge Kemal war vor einigen Jahren nach Frankreich eingewandert. Er hätte gern Ingenieurwesen studiert, aber seine Familie hatte nicht genug Geld dafür und so musste er für den eigenen Lebensunterhalt und für die Überweisungen nach Hause alle möglichen Jobs annehmen. Zuerst in einer Fabrik, in der es viel Schmutz, Rauch und gefährliche Unfälle gab. Später konnte er auf eine Stelle wechseln, wo man ihm einen Zuschuss für den Erwerb des Führerscheins gewährte. Schließlich traute er sich, als Taxifahrer in Paris zu arbeiten. Autos mochte er und das Fahren beherrschte er fast von Anfang an instinktiv.

Überhaupt war es die französische Technik, die ihn fasziniert und angezogen hatte: der schnelle Transatlantikliner France, der Düsenjäger Mirage und jetzt auch das neue Überschallflugzeug Concorde, über das noch vor dem Jungfernflug Wunderdinge erzählt wurden.

Momentan allerdings bewegten sie sich im Schritttempo oder steckten minutenlang ganz fest. Auf der Chaussee d'Antin brauchten sie für hundert Meter eine halbe Stunde. Langsam kam am Straßenrand ein schnittiger blauer Roadster ins Blickfeld.

»Emma Peel«, bemerkte Samy.

»Oh ja, ein Lotus Elan S 3«, bestätigte der Chauffeur.

Samy seufzte. »Als ich so alt war wie Sie habe ich auch von einem schicken Sportwagen geträumt, aber als armer Einwanderer konnte ich mir so was natürlich nicht leisten. Jetzt, als alter Mann, hätte ich das Geld, aber nun würde es einfach nur noch lächerlich aussehen. Das sind die Absurditäten des Lebens …«

Samy hing Erinnerungen nach und dachte daran, wie er vor vierzig Jahren in Paris angekommen war: jung, hungrig und mit einem bunten Strauß Träume und Hoffnungen auf die Zukunft. Dank eines Stipendiums hatte er das Lycée Français in Kairo besuchen und später studieren können – als Einziger in seiner Familie – und sogar in einer renommierten Schule als Lehrer gearbeitet. Seine Brüder und deren Kinder konnten noch nicht einmal Englisch, geschweige denn die Sprache von Descartes und Balzac. Und auch wenn der Krieg und die deutsche Besatzung sein Leben aus den Fugen gerissen hatten; seine Bildung konnte ihm niemand nehmen.

Vor ihnen war etwas Bewegung in den Pulk der Autos gekommen. Einige Fahrer hatten gedreht, andere waren entnervt an den Straßenrand gerollt, parkten dort und gingen zu Fuß weiter. Das Taxi rückte nach und nach um einige hundert Meter vor. Eine Ecke des Hotel Grand Terminus kam in Sicht, ein Palast der Belle Époque. Durch eine Nebenstraße konnte man die Demonstranten mit roten Fahnen über den Boulevard Haussmann ziehen sehen. Es wurden Parolen skandiert gegen De Gaulle und für die Fortsetzung des Streiks.

»Sie sind jung. Können Sie die Leute verstehen? Ohne De Gaulle hätten sie die Freiheit nicht, nach der sie jetzt rufen …«

»Nun, Monsieur, für viele Menschen ist es schwierig. Manche arbeiten hart und haben dennoch wenig Geld, und dann sehen sie das Leben der Reichen und wollen ihren Anteil. Bei uns zu Hause waren die Verhältnisse zwar noch viel schlechter, aber hier ist man Besseres gewöhnt. Frankreich ist eben auch das Land der Revolution und der Menschenrechte …«

Samy nickte. Der junge Mann gefiel ihm immer besser. Er hatte nie eigene Kinder gehabt. Nur direkt nach dem Krieg und der Heirat mit Annemarie hatten sie ein Waisenkind aufgenommen, um ihm ein Zuhause zu bieten. Aber dann erkrankte seine Frau an Krebs, der sie schnell auszehrte und ihr alle Kräfte raubte. Und so musste die kleine Colette, das dunkelhaarige Mädchen mit den traurigen Augen, von dem er noch ein Passfoto bei sich trug, zurück ins Waisenhaus. Damals fehlten Samy die Mittel, um zu helfen. Jetzt war er wohlhabend und konnte etwas tun.

»Hören Sie, Kemal. Lassen Sie mich da vorne raus. Ich habe es mir überlegt, ich gehe ins Hotel. Und ich möchte, dass Sie studieren. Hier …« – und Samy zückte zwei Fünfhundert-Franc-Scheine aus seinem Portemonnaie, das Hundertfache des Taxitarifs – »ist eine Anzahlung. Wenn Sie Ihr Ingenieursstudium aufnehmen, werde ich Ihnen regelmäßig Geld überweisen.« Er kramte eine Visitenkarte heraus und legte sie mit dem Geld auf den Beifahrersitz.
»Warum tun Sie das, Monsieur?«
»Sie haben Talent, junger Mann. Nutzen Sie es!«

Samy stieg aus, nahm seinen Koffer und schritt, ohne sich nochmal umzudrehen, auf das Grand Terminus zu. Er erinnerte sich jetzt daran, was Annemarie ihm erzählt hatte. Auf ihrer einzigen großen Reise, mit dem Schiff nach New York in den Dreißigerjahren, war sie über Le Havre zurückgekehrt und am Bahnhof St. Lazare angekommen. Sie hätte sich gewünscht, einmal in dem prunkvollen Hotel zu übernachten, aber dazu hatte ihr Geld nicht mehr gereicht. Samy hatte noch ihren alten deutschen Pass in seiner Tasche. Er beschloss, ein Doppelzimmer für die Nacht zu buchen. Der Angestellte am Empfang stutzte, als er das eingestempelte »J« im Pass sah, füllte dann aber weiter den Meldezettel aus.

»Meine Frau«, erklärte Samy.

»Sie kommt auch?«, fragte der Angestellte.

»Ja, wir sind bald wieder vereint.« Und Samy ging mit dem Zimmerschlüssel und seinem Koffer zu dem Aufzug, dessen glänzende Messingverkleidung und Scherengitter an die gute alte Zeit erinnerten.

So kam es, dass im Archiv der Pariser Polizeipräfektur ein Meldeschein aufgehoben wird, nach dem eine Deutsche namens Anne-Marie im Mai 1968 in einem Hotel an der Rue St. Lazare abgestiegen ist, obwohl diese Frau damals schon zwanzig Jahre tot und noch länger ausgebürgert war. Und ein eingewanderter türkischer Taxifahrer namens Kemal konnte Ingenieurwissenschaft in Paris studieren, bei einer bekannten Firma anheuern und viele Jahre formschöne und funktionelle Autos konstruieren. Wenn er heute den Enkeln aus seinem Leben erzählt, betont er die Bedeutung von Fleiß und Bildung, fügt aber manchmal hinzu, dass auch Glück dabei ist und sich in einem Taxi das Schicksal entscheiden kann.

HaRu Neidhardt

Auf den Hund

Sie hatten mich gewarnt, ich gebe es zu. »Lass dich nicht leichtfertig auf einen Besuch bei denen ein«, hatten sie mich beschworen. »Vor allem, geh nicht alleine dorthin.«

Die Heftigkeit, mit der die Mutter und die Tanten ihre Warnungen in meine Ohren stopften, die Penetranz, mit der sie immer wieder darauf zurückkamen, erreichten bei mir genau das Gegenteil.

Kaum lief mir der Pressereferent der Canistenliga das nächste Mal über den Weg, versprach ich, seiner mit schmeichelnder Stimme vorgetragenen Einladung zu dem berühmt-berüchtigten Jahresball der Canisten Folge zu leisten.

»Ja, ich werde im Palais de Cire erscheinen«, erklärte ich mit fester Stimme.

Der Ligist musterte mich abschätzend. Als er meine Irritation bemerkte, wich die Härte aus seinen Augen.

»Sie werden in Bälde Details zur Einladung erhalten. Festliche Kleidung wird erwartet.«

Mit einer angedeuteten Verbeugung und keinem weiteren Wort entfernte er sich.

Ich stand reglos, vor mir ein unscharfes grünes Komplementärbild des Mannes, von dessen feuerrotem Anzug ich die Augen nicht hatte wenden können.

Um lästigen Fragen oder gar Vorwürfen zu entgehen, behielt ich die Verabredung für mich. Nicht geringe Probleme bereitete mir das Gebot festlicher Kleidung. Was verstand man in der Liga darunter? Smoking? Schwarzer Anzug? Frack und Schleife? Von einem Freund, der sich mit Derartigem auskannte, lieh ich mir einen grauen Cutaway mit passender Weste, verzichtete aber auf den Hut, der mir doch etwas zu albern erschien. Als Zugeständnis an meine üblicherweise ausgefallene Garderobe band ich eine seidene Krawatte um, ein Geschenk einer Katzennärrin, das ich noch nie getragen hatte. Auf hellblauem Grund präsentierte sich eine sitzende rote Hauskatze mit nachdenklichem Gesicht.

Das Palais de Cire war ein Prachtbau. Ein Herzog hatte es in spätbarockem Überschwang errichteten lassen, nicht ahnend, dass seine Linie mit seinen beiden kinderlosen Söhnen aussterben würde. Das Gebäude, schon lange in Landesbesitz, stand unter Denkmalschutz. Es fand sich kein Investor, der eine Sanierung für rentabel hielt. So blieb das entzückende kleine Schlösschen, solange es nicht als baufällig galt, eine begehrte Location für ausgefallene Festivitäten jeglicher Art.

Als ich gegen Abend dort ankam, war der Hof bereits dicht beparkt mit glänzenden Wagen in allen Farben, eine erfrischende Variante zu dem erwarteten üblichen Fuhrpark in Schwarz und zahllosen Grauschattierungen.

Man hatte mir eine Karte geschickt, die am Eingang präsentiert werden musste und die von dem Türsteher einbehalten wurde, einem breitgebauten Jüngling mit blonden Locken und wässrig kalten Aquamarinaugen.

In der Mitte der Eingangshalle thronten zu beiden Seiten der Treppe zur Beletage zwei abnorm riesige Hunde, die mit ihren Köpfen fast an die Decke stießen. Waren das Gummiskulpturen? Die neongrüne Bulldogge links hielt etwas im Maul, was zunächst aussah wie eine doppelte Wurst, sich dann aber als eine unbekleidete menschliche Figur herausstellte. Ich befühlte mit dem Finger den violetten Megapudel auf der rechten Seite. Das war kein Gummi, sondern ein festeres Material. Vermutlich Kunststoff. Er trug einen Schnuller im Maul. Die Treppe erstrahlte in einem Meer batteriebetriebener Teelichte. Aus einem Kabinett in der Seitenwand drang rotes Licht und nervöses Kichern, unterlegt von dem gleichförmigen Brummen eines Transformators. Ein Aufschrei, Gläser zerbrachen, Köpfe wandten sich um. Ein Hund auf zwei Beinen, nein, ein Mann im Hundekostüm torkelte heraus. Zwei Männer in Soldatenuniformen aus Theaterbeständen hakten ihn entschlossen unter und zogen ihn zurück in den Raum mit dem roten Licht.

Langsam stieg ich auf der Treppe ins obere Stockwerk, wo eine in Höhe und Breite ausladende Flügeltür die Eintretenden aufsog.

Ein Saal, hoch genug für eine umlaufende Galerie. An der jenseitigen Wand eine Bühne, der rote Vorhang war geschlossen. Ein Pianist am Flügel hieb flirrende rhythmische Tonfolgen südamerikanischer Herkunft in die Tasten. Die Damen im Saal schlürften rosa Schaumwein aus langstieligen Gläsern und wackelten mit den Hüften. Begehrliche Blicke auf gutaussehende junge Männer, die hier in erstaunlich großer Zahl vertreten waren, flogen unentwegt hin und her.

Ich war hergekommen ohne jede Vorstellung von dem, was mich erwarten würde. Abgesehen von den Plastikhunden an der Treppe fand ich weder etwas außergewöhnlich Bemerkenswertes noch etwas Anrüchiges an Ort und Gesellschaft. Ich ging zur Bar und ließ mir einen Wodka Sour geben. Der Alkohol glitt eiskalt durch meine Kehle und entzündete ein kurzes Feuer in meinem Inneren. Ich leerte mein Glas und bestellte noch einmal das Gleiche, als ich eine Bewegung im Saal spürte. Ich reckte den Hals. Aha, die Menschen strömten nach hinten zu der Bühne.

Ich hasse es, von einer Gruppe umschlossen zu sein, die in eine bestimmte Richtung drängt. Die Bühne war von der Bar aus gut zu überblicken, möglicherweise besser als aus unmittelbarer Nähe. Ich ließ die Eiswürfel in meinem Glas kreisen und klirren und beobachtete, wie das

Licht im Saal erlosch und der rote Vorhang sich über der leeren Bühne hob.

Der Pianist hatte seine Zwischenspiele beendet. In die gespannte Stille hinein schmetterte eine Bigband einen ohrenbetäubenden Tusch. Ich sah mich um: Wo war die Band? Da marschierte sie schon aus der Kulisse: Lauter Hunde auf zwei Beinen mit ihren Instrumenten, unter großem Gejohle und Applaus des Publikums. Bühnenarbeiter in blauen Arbeitsjacken, die sich Eselsköpfe übergestülpt hatten, schoben einen Flügel, sie trugen ein Schlagzeug, Congas, Bongos und ein Vibraphon auf die Plattform. Die Musiker formierten sich in Windeseile, und los ging ein Gewitter aus Blech, Fell und Saiten, eine rhythmusbesessene Phonwalze, gegen die jede Erinnerung an das so inspirierte Pausenpiano erstarb.

Die Blechbläser waren allesamt Boxer – wegen der kurzen Schnauzen, vermutete ich. Ein Schäferhund traktierte das Schlagzeug, ein Rudel Dalmatiner alle anderen Perkussions-instrumente, Windhunde die Gitarren, Afghanen die Klarinetten, ein stark vergrößerter Chihuahua eine schrille Flöte. Das Vibraphon wurde von einer roten Dogge geschlagen. Ein riesiger Bernhardiner hatte das Piano in Beschlag genommen.

Das Publikum tobte. Man tanzte – und wie! Mir wurde klar, wozu diese Menge an attraktiven jungen Männern aufgeboten worden war: Sie waren exzellente Tänzer. Die Damen rissen sich darum, mit ihnen aufs Parkett zu stöckeln – Cha-Cha-Cha, Salsa, Mambo – und erst der

Tango! Die Luft brannte, Augen glühten, Zähne blitzten, Gelächter, Keuchen, Parfüm und Schweiß, Mixturen der Leidenschaft.

Zu meinem Glück, auch angesichts meiner tänzerischen Unbeholfenheit, hatte ich mich nicht in diesen Hexenkessel ziehen lassen, der sich zusehends über die ganze Saalfläche ausdehnte. Schon tanzten, mir gefährlich nahe, die beiden Schönen in den identischen Ballkleidern aus Goldlamé vorbei, die mir, noch in den ruhigen Gewässern der Begrüßungs- und Orientierungsabläufe, wiederholt schnelle und tiefe Blicke zugeworfen hatten. Fruchtlose Unterfangen, denn mein Interesse am Weiblichen ist gering.

Und schon wieder sahen sie mich unverhohlen begehrlich auffordernd an. Beide Damen – sollte ich Frauen sagen? ähnelten sich sehr. Wahrscheinlich Zwillinge, dachte ich, während ich mich zur Bar wandte, dem Drängen der beiden ausweichend.

Ich bestellte eine Cola, um nicht die Kontrolle aus der Hand zu geben. Ich vertrage, fürchte ich, nicht allzu viel Alkohol. Schon im nächsten Augenblick standen die beiden Goldlaméfiguren rechts und links neben mir. Nicht, dass ich mich ihnen zugewandt hätte. Der Spiegel hinter der Spirituosenbatterie zeigte mir mein unbehaglich dreinschauendes Gesicht zwischen dem Glanz der Kleider und dem aufleuchtenden Weißgold ihrer gelockten Pagenköpfe mit ihrem fast schon aggressiven Interesse an mir.

»Aber wer wird denn an so einem Abend Cola trinken?«, sagte die rechts von mir. Sie ergriff mein Glas und leerte es – schwupps! – in eine Vase, die als Dekoration vor einer der verspiegelten Säulen stand, die den Baldachin über der Bar trugen.

»Schampus für den jungen Mann!«, schrie sie dem Barkeeper zu, meinen Einspruch ignorierend.

Ihre Zwillingsschwester orderte noch mehr Getränke, so fand ich mich im Zangengriff der resoluten Weiblichkeit, zum Trinken gedrängt, unfähig, mich der Situation zu entziehen. Kaum hatte ich mein Glas geleert, stand ein weiteres gefüllt vor mir.

»Prost, mein Hübscher mit der Miaukrawatte«, zwitscherte die links von mir in mein Ohr. »Trink, Chérie, heute lassen wir die Fifis von der Kette«, lachte mir die rechte ins Gesicht.

Nach meinen zwei Wodka Sour hätte ich nichts Alkoholisches mehr trinken dürfen. Das perlende Getränk stieg mir zu Kopf. Ach, dachte ich, eigentlich haben die beiden Recht. Sind ja nette Mädels, die sich mal richtig amüsieren wollen. Dafür habe ich Verständnis. Schwummerige Begriffe in semitransparenten Blasen wogten in meinem Kopf hin und her. Toilette.

»Wo ist die Toilette?«, fragte ich mit schwerer Zunge.

»Klo«, rief die rechte, »unser Süßer muss mal aufs Klo! Wie heißt du überhaupt? Na, egal mein Hase, dann zeigen wir dir mal für kleine Jungs.«

Die goldenen Schwestern hakten mich unter, zu meinem Glück, dachte ich noch, denn alleine hätte ich es kaum aufrecht gehend aus dem Saal geschafft. Draußen schoben sie mich in die Herrentoilette.

Als ich nach mühsam erledigtem Geschäft wieder aus der Tür torkelte, standen dort die zwei Fantasie-Soldaten, die ich beim Hereinkommen schon gesehen hatte. Sie packten mich wie zuvor die Goldenen Schwestern, nur entschiedener, und bugsierten mich durch einen endlos langen Seitengang, mein Protestgelalle ignorierend. Wir landeten in einem Raum mit Spiegeln und Kleiderbügeln an langen, fahrbaren Gestellen. Die Zwillinge waren auch da. Sie setzten mich auf eine Bank, gestatteten aber nicht, dass ich mich niederlegte, sondern zogen mir etwas über meinen Cutaway, ein merkwürdiges Gewand aus rosa Plüsch, das vorn mit einem langen Reißverschluss zugemacht wurde. An Beinen und Armen hatte es zottelige Verdickungen, ebenso an Brust- und Schulterbereich. An meiner Hinterseite baumelte etwas. Meinem Widerstand gegen diese Kostümierung fehlten Haltung und Entschlossenheit.

»Und jetzt musst du ganz stark sein«, sagte der eine Soldat zu mir und stülpte etwas über meinen Kopf, was muffig roch und mir viel zu warm war.

»Kannst du etwas sehen?«, brüllte mir der Soldat ins Ohr. »Nein? Dann warte mal.« Sie zerrten und schoben das Ding auf meinem Kopf herum, und plötzlich sah ich, wie die Schwestern mich anschauten. Jemand schrie von draußen: »Seid ihr so weit?«

»Los«, sagten die Zwillinge. Sie fassten mich an den Händen, eine von jeder Seite, und zogen mich durch Vorhänge in ein leeres Zimmer ohne Wände. Ich hörte lautes Gelächter und Applaus. Von irgendwoher ertönten die ersten Takte eines Walzers – mein Alptraum, denn nie, niemals hatte ich mich auch nur entfernt mit dem Tanz an der schönen blauen Donau anfreunden können. Unter dem Grölen und brüllenden Lachen der Leute, die ich eben schon gehört hatte, versuchten die goldenen Damen, mit mir zu tanzen, was nicht gut gehen konnte. Ich schwankte von hier nach dort, wurde zwischen den Schwestern hin und her geschleudert, stolperte über meine Beine, fiel um und versuchte, auf allen Vieren zu dem Vorhang zu robben, durch den wir gekommen waren. Das Gelächter wurde zum unerträglichen Kreischen. Irgendetwas fiel mir auf den Kopf, noch etwas, noch mehr – ich konnte nicht genau erkennen, was es war, Mäuse oder Hühner aus Gummi vielleicht. Endlich hatte ich den Vorhang erreicht. Als ich mich daran hochziehen wollte, gab er nach und begrub mich unter sich. Das Gebrüll steigerte sich zum Inferno. Dann hörte die schreckliche Walzermusik endlich auf, und ebenso das Geschrei. Jemand machte sich an meiner Decke zu schaffen und versuchte, mich herauszuziehen.

»Nein«, stieß ich hervor, »nein, liegenbleiben.«

»Ach, lass ihn doch liegen, der soll erstmal seinen Rausch ausschlafen«, hörte ich eine der Schwestern sagen.

Danach wurde es still. Mir war speiübel. Ich zerrte mir das Ding vom Kopf, das sie mir übergestülpt hatten, und erbrach mich in den heruntergerissenen Vorhang neben mir. Danach ging es mir ein wenig besser.

Ich erwachte mit Kopfschmerzen und einem üblen Geschmack im Munde. Ein Haufen aus dickem, störrischem Stoff hinderte mich daran, aufzustehen. Ächzend griff ich hinein und versuchte, mich auf meine Arme zu stützen. Neben mir lag ein großes Ding mit einer länglichen Schnauze, Schlappohren und einem rosa Tuff obenauf. Als ich mich endlich aufgerappelt hatte, schaute ich von einem erhöhten Standplatz aus, einer Bühne, hinunter in den großen Saal, in dem sich gestern Abend so viele tanzende Paare vergnügt hatten. Dünnes graues Morgenlicht drang durch die Lamellenvorhänge, die überhaupt nicht zu den Rokoko-Fenstern passten.

Was um Himmels Willen war geschehen? Wie war ich in diesen Alptraum geraten? Hätte ich doch nur – ach was, hätte …

Ich tappte eine Treppe hinab und fand eine Toilette. Ein großer Spiegel gegenüber der Tür zeigte mir eine desolat aussehende Gestalt in einem Anzug mit rosa Zotteln und einem in Gesäßhöhe befestigten Schwanz.

Das einzige an mein Vorher erinnernde Detail war die Katzenkrawatte, die den Abend wie durch ein Wunder unbefleckt und in tadellosem Zustand überstanden hatte.

»Miau«, schien sie zu sagen. »Was gibst du Obertrottel dich auch mit einer Hundeliga ab? Das hast du nun davon.«

Mühsam pellte ich mich aus dem Pudelgewand, spülte meinen Mund aus und verließ das Palais durch eine Hintertür, die ich nach längerem Suchen nach einem Ausgang im Kellergeschoss fand. Sie führte von einem verwahrlosten Abstellraum aus ins Freie. Ich rief meinen Freund an, der wegen der frühen Stunde etwas ungehalten war, mir aber dann mit einer Austauschgarnitur Hose, Pullover und Jacke aushalf, nicht ohne einen gesalzenen Obolus für die Reinigung des Cutaways zu verlangen.

Zu Hause merkten sie nichts. Als die Zeitung kam, kommentierte meine Mutter die Meldungen mit grunzenden Lauten, wie immer.

»Guck mal«, schnaufte sie, »über diese Liga steht auch was drin. Sei froh, dass du nicht da warst.« Sie schob mir das Blatt hin, aufgeschlagen unter der Rubrik »Was war los«. Neben der Überschrift Riesen-Gaudi beim Ball der Canisten zeigte ein Foto einen großen rosa Pudel, der, zwischen zwei Tänzerinnen auf einem Hinterbein stehend, offenbar seine Balance suchte. Das Comedy Duo ›Girls for Fun‹ habe wieder einmal, war da zu lesen, mit seinen Späßen einen Saal zum Kochen gebracht.

»Na und«, brummelte ich.

HaRu Neidhardt

Ringelnatz und Morgenstern

ringelnatz wie
morgenstern
hatten schöne
künste gern
gelegentlich
auch damen
wenn denn
welche kamen
ringelstern und
morgennatz
zehrten von
den werten
von dem schatz
im innen
partiell auch
von gewinnen
mit daddeldu
und muschelkalk
und galgenschalk
wuchs renommé
doch auch groß weh
im leide
und beide
warn viel zu früh
perdü

Anne Chavez

Fensterlos

Seit Donnerstag, dem 3. September 2073, fristete Helene Altendorfer ihr Leben in einem fensterlosen, hell erleuchteten Raum, in dem sie auch aß und schlief. Dass es nicht einmal ein kleines Guckloch nach draußen gab, war das Schlimmste. Ansonsten versorgte man sie ausreichend. Aber dass sie ständig nur diese weißen Wände ansehen musste … Es war ihr doch immer eine Freude gewesen, wenn sie zu Hause aus dem Fenster geschaut hatte. Sie hatte beobachtet, wie der Wind die Äste der großen Linde im Garten schüttelte. Der Gesang der Vögel, die in ihr nisteten, hatte sie ebenso erfreut wie das Lachen und Schreien der Kinder im Sandkasten und Planschbecken daneben. Seit ihrem letzten Geburtstag vor sechs Monaten war sie selten allein ausgegangen, meistens hatte Sonja, ihre Enkelin, sie draußen begleitet.

Sonja war seit Helenes Aufenthalt in dem weißen, fensterlosen Zimmer nicht mehr telefonisch erreichbar. Die alte Dame hatte es mehrfach versucht am Institutstelefon, denn leider hatte sie ihren kleinen Telefoncomputer in der Eile des Aufbruchs zu diesem Ort vergessen. Man ließ sie anrufen, ja, aber sie argwöhnte, dass man den Fernsprecher manipulierte. Es machte ihr Kummer, dass sie keinen Kontakt zu Sonja aufnehmen konnte. Sonja war ihr letzter familiärer Halt.

Helene beschloss, alles der Reihe nach aufzuschreiben. Das Notieren war anstrengend, weil ihre Augen nicht immer reibungslos funktionierten, doch sie wollte sich Mühe geben. Denn es konnte ja sein, dass sie aus diesem Gefängnis nicht mehr herauskam, und vielleicht würde sie sogar unter all den Versuchen, Übungen und kognitiven Tests sterben. Wenn dann jemand ihren Todesfall erforschen wollte, bestünde doch eine kleine Chance, dass herauskäme, was passiert war. Sie meinte, vielleicht käme jemand, der klüger wäre als Sonja und sie selbst, jemand, der es schaffen würde, sich den neuronalen Manipulationen zu entziehen, so wie sie und Sonja das bisher eher zufällig geschafft hatten, weil kein System vollkommen war. Es würde hoffentlich jemand in diesem Neuro-Labor landen, der mit Intelligenz und Geschick durch das Raster dieser besessenen Gehirnexpansionisten mit ihren künstlichen Extensionen gerutscht war, und der sich hier einnisten würde und heimlich alles sabotierte. Zum Glück hatte sie immer ein winziges Notizbuch und einen Stift parat. Wahrscheinlich hatten sie das schon bemerkt, denn hinter all den Lichtquellen in ihrem Zimmer verbargen sich bestimmt Kameras. Sie hoffte, man ließe sie gewähren, weil es ihnen nicht bedeutend genug vorkam. Denn sie hegte eine kleine

Hoffnung, dass ihre Aufzeichnungen einmal nützlich wären.

Am Tag ihrer Einweisung hatte ihr eine freundliche Stimme am häuslichen Telefon geschmeichelt, sie könnte der Wissenschaft einen Dienst erweisen, wenn sie ins Biologisch-Genetische Institut der Universität käme und sich ein paar Tests unterziehen würde. Hach, hatte sie sich gesagt, die wollten vielleicht wissen, wie jemand funktionierte, der noch so naturbelassen war wie die meisten Menschen vor fünfzig Jahren. Sie hatte eingewilligt, mit dieser Scheißfreundlichkeit, die man jetzt so hatte, ohne die Absicht, diese Einladung anzunehmen. Denn eins hatte sie mit zunehmendem Alter gelernt: Misstrauen zahlte sich aus.

Zwei Stunden später hatte es an der Tür geklingelt. Helene hatte ihre Enkelin Sonja für den üblichen Spaziergang erwartet und spontan geöffnet, ohne auf die Türkamera zu achten. Doch es waren zwei Männer in weißen Kitteln. Sie hatten die alte Dame aufgefordert, sich ihnen anzuschließen. Sie hatten dies mit der routinemäßigen Freundlichkeit von Robotern erledigt, waren aber echte Menschen. Helene hatte sofort gewusst: Widerstand wäre zwecklos. Eine alte Frau gegen zwei kraftvolle Männer. Sie hatten sie in dieses Institut zu einer Biologin gebracht, die ihr viele Fragen gestellt hatte, Fragen, die sie sehr erstaunten. Zum Beispiel wollte die Forscherin wissen, ob sie sich nicht schäme, als Außenseiterin zu gelten und ob sie ihre Intelligenz durch geistiges Training bis ins hohe Alter beibehalten habe. Helene hatte diese Fragen verneint und auf andere, ihr zu persönlich scheinende Erkundungen ausweichend geantwortet, und dafür einen stechenden, kritischen Blick geerntet.

Jetzt war sie in diesem weiß gekachelten Raum mit dem weißen Kunststoffsofa und dem weißen Bett. Bleiche, blutleer wirkende Gestalten kamen jeden Tag und nahmen ihr Blut ab, gaben ihr eigenartige Dinge zu essen, die wahrscheinlich gesund und nahrhaft sein sollten. Unappetitliche, breiige Speisen mit undefinierbaren festen Brocken, entsorgte sie in der Toilette, die sich in der Nasszelle dieses blendend weißen Reichs befand. Sie fragte sich, ob man das bemerkte. Bis zu diesem Tag hatten sie noch nichts gesagt. Die bunten Pillen steckte sie sich in den Ausschnitt oder in die Kleidertaschen, um sie dann beim Händewaschen oder Duschen in der Hand aufzulösen, weil sie das für unauffälliger hielt.

Schon am ersten Tag hatte Helene festgestellt, dass ihre Zellentür nicht verschlossen war. Aber erst ein paar Tage später traute sie sich heraus. Da wusste sie schon nicht mehr genau, wie spät es war. Bei künstlicher Beleuchtung, ohne Uhr, ohne Tageslicht ging ihr das Zeitempfinden verloren. Aber nach einer Überschlagrechnung, wobei die Nahrungsaufnahme als Anhaltspunkt diente, musste es Nacht sein. Sie ging davon aus, dass hier nachts niemand arbeitete und schlich über den taghell erleuchteten, fensterlosen Flur. Ihre Vermutung stimmte, niemand war da. An einem Türschild stand in Groß-buchstaben BRACHYCERA, darunter in kleinerer Schrift: Fliegenlabor. Sie probierte die Klinke, die Tür war unver-schlossen. In unzähligen, aufeinander gestapelten Käs-ten, die eine Glasfront hatten, konnte sie Fliegen beob-achten. Fliegen mit hauchdünnen, eleganten Flügeln. Sie fingerten mit ihren Beinen an senkrechten Stäben, bewegten die bläulich-grünen Flügel mit kunstvollen Mustern aus schwarzen Adern hin und her. Sonst pas-sierte nichts. Das Schild vor dieser Batterie von Kästen sagte: CHRYSOPA PERLA – Florfliegen. Sie ging weiter und kam zu Behältern mit viel kleineren Fliegen, die auch schwarzgeäderte Flügel hatten. Auf einem Schild stand EPHEMEROPTERA – Eintagsfliegen. Eintagsflie-gen? Was konnte man an so kurzlebigen Wesen erfor-schen?, fragte sie sich. Sie hörte ein lautes Knacken und versteckte sich hinter einem großen Arbeitstresen. Doch es geschah nichts, niemand tauchte auf, und schnell ging sie zurück in ihre fensterlose Zelle. Später, Helene vermutete, dass es immer noch Nacht war, schlich sie sich noch einmal hinaus, wollte den Ausgang finden. Sie stieß auf eine schwarze Glasfläche. Das musste eine automatische Tür sein. Und richtig, rechts in Brusthöhe befand sich der Codekasten und daneben das Schild: Privat / nur für Mitarbeiter. Das war sicher nicht der Aus-gang. Sie gab die Suche für dieses Mal auf.

In der nächsten Nacht, sie schätzte die Zeit wieder so ein wie am Vortag. Auf dem Flur war auch diesmal niemand zu sehen. Sie gelangte zu einer anderen Tür; diese war mit einem Riegel versehen. Auf der stand CEBINAE – Kapuzineraffen. Vorsichtig öffnete sie die Tür, ihr schlug ein eigenartiger Geruch entgegen, dann sah sie die Äffchen in ihren Käfigen, aufgereiht und gestapelt an einer langen, etwas abgedunkelten Wand. Das Tier, dem sie sich zuerst näherte, betrachtete sie sehr interessiert mit seinen glänzend schwarzen Augen, mit einem fast sehnsuchtsvollen Blick. Es streckte ihr sein Händchen entgegen, Helene ergriff und schüttelte es. Die kleine Hand fühlte sich trocken und sehnig an. Dann verkroch sich das Wesen in eine Ecke. Im Käfig daneben starrte ein kleines Weibchen mit schlaffen Brüsten stumpfsinnig vor sich hin. Helene ging weiter. Auf einmal sprang ein Tier in seinem Behältnis im Kreis herum, fing an zu kreischen, wie in Panik. Schnell versteckte Helene sich hinter einem hohen Schrank. Und richtig, ein Weißkittel erschien, warf dem schreienden Affen etwas in den Käfig, schaute sich im Labor um und fand den Eindringling. Helene erklärte ihm, dass sie nicht schlafen könne, weil ihr Bewegung fehle. Er führte sie in ihre Zelle, verschloss diese aber nicht.

Am nächsten Vormittag holte sie jemand ab zu einem beschwerlichen Spaziergang in den verwilderten Institutsgarten, dessen Wege überwuchert und daher kaum noch sichtbar waren. Jetzt konnte sie die Tageszeiten weiter gut berechnen. Ein paar Stunden später besuchte sie die Biologin, die sie am ersten Tag begrüßt hatte und die ihr nun erklärte, welche Ergebnisse man sich von der Forschung an den Fliegen und Affen versprach. Es ging um genetische Versuche zur Langlebigkeit. Sie betonte, wie wichtig Helene Altendorfers Kooperation sei. Denn die Ergebnisse der Tierforschung wären nicht einfach auf den Menschen zu übertragen. Und Helene sei das einzige bekannte Lebewesen, dass ohne künstliche Hilfsmittel die Todeslinie von hundertzwanzig Jahren überschritten hatte.

Eines Tages wachte Helene nach langem Schlaf auf und war trotzdem unangenehm müde. Sofort fragte sie sich: »Warum weiß ich immer noch nichts von Sonja?« Sie hatte mehrere ihrer Betreuer gebeten, Sonja für sie anzurufen. Alle, einige waren richtige Menschen, andere eindeutig erkennbare Roboter, hatten es versprochen, aber sie hatte immer noch keine Nachricht von ihr. Helene war in Sorge; vielleicht war Sonja schon längst in einer ähnlichen Situation wie sie selbst. Sonja war ihre einzige noch lebende Verwandte. Aber zur Altersforschung taugte sie mit ihren siebenundsechzig Jahren wohl noch nicht. Oder doch? Wenn man sie so eingesperrt hätte wie sie selbst … Es bräche ihr das Herz.

Helene fragte sich, warum ausgerechnet sie so alt werden musste. Hundertfünfundzwanzig Jahre. Bisher war sie immer zufrieden gewesen, manchmal sogar stolz, obwohl ein hohes Alter ja kein Verdienst darstellte. Es war ihr gut gegangen, das Laufen war etwas beschwerlich geworden, aber doch möglich. Ja, am Morgen hatte sie immer ein paar andere Zipperlein. Aber daran hatte sie sich gewöhnt. Das Schöne war: Seit Jahren schon fürchtete sie den Tod nicht mehr. Manchmal hatte sie gedacht, sie hätte das alles nur geträumt, das hohe Alter, das viele Denken, das Sich-Erinnern, das Wegsterben der Kinder. Und dann war die Vergangenheit auch manchmal wirklich wie in einem Nebel verschwunden. Aber jetzt musste, jetzt wollte sie sich genau erinnern. Vielleicht schaffte sie es dann, aus diesem Gefängnis wieder herauszukommen!

Früh am nächsten Morgen, sprach ein Mensch mit ihr, der sich als Psychologe vorstellte. Er war ein seriös wirkender Mann um die fünfzig, der genauso viele Fragen stellte wie die Biologin und die Mediziner, die sie bisher betreut hatten. Er war besonders daran interessiert, warum sie mehrmals die KI-Erweiterung ihres Gehirns verweigert hatte, ob und wie oft sie an den Tod dächte, ob sie sich selbst ein Ende setzen würde und was das angemessene Sterbealter wäre. Sterben? Das wollte sie nicht. Jedenfalls nicht, bevor sie Sonja noch einmal träfe, nicht, bevor sie ihr Lebewohl sagen konnte. Diesen Psychologen fragte sie dann, warum es in diesem Institut keine Fenster gebe. Er antwortete auf unbefriedigende Art, sprach von einem Gebäudesystem, das Licht, Luft und Temperatur automatisch erzeugte. Aber sie wusste den tiefen, den wirklichen Grund. Sie wollten keinen Kontakt mehr haben mit dem Draußen, mit der Seele der Welt, die sie dort hätten spüren können.

Sie hatten Angst, dass die Sehnsucht nach nährendem Sonnenlicht andere Wünsche wecken könnte. Wünsche nach lebendigen Bäumen und Blumen, nach Regen, Nebelschwaden und Menschenwärme. Wenn sie nicht widerstehen könnten, würden sie ihr Ziel nicht erreichen: in geschlossenen extraterrestrischen Räumen zu leben. Deswegen erforschten sie ja wohl auch die Langlebigkeit.

Voller Sehnsucht rief Helene immer wieder in Gedanken ihre Enkelin: »Sonja, wie kann ich nur Kontakt zu dir bekommen?« Sie wusste, ihre Betreuer in untergeordneter Stellung und die Serviceroboter konnten nichts für sie tun. Aber vielleicht dieser junge Mann, der manchmal vorbeikam und sich mit ihr unterhielt über früher, über ihre Kindheit in den Fünfziger- und Sechzigerjahren des letzten Jahrhunderts. Er war nicht so überfreundlich wie die anderen, denen sie bisher begegnet war. Seine braunen Augen waren keck und leuchteten fast so, wie die Augen ganz früher geleuchtet hatten. Vielleicht konnte sie ihn neugierig machen, eine menschliche Regung in ihm wecken, Mitleid mit einer alten Frau.

»Oh Sonja, mein Herz«, seufzte sie, »ich hoffe, du bist noch frei, ich hoffe, du bist noch ganz du selbst. Wenn du doch Gedanken lesen könntest! Meine Liebe, meine Kluge, ich warte. Ich warte auf dich.«

Anne Chavez

Schlemihls Eigentum

Da hängt er
Schlemihls Schatten
In den Zweigen
Der Wind hat ihn dorthin geweht
Von Norden her,
Wo der bekehrte Glückssucher
Die Natur erforschend
Sein Dasein endete

Wie ein Lappen
grauer Islandflechte
Hängt er dort,
Der Schatten,
Vom Wind hin und her geweht
Seht nur, seht!

Weil Schlemihl den Goldsack
In den Abgrund warf
Und nicht sich selbst
gab ihm der graue Mann zurück
den Schatten
und der gehört jetzt uns!

Thomas Ormond

Balkonspektakel

»Au Papa, ich glaub, da ist jemand getroffen worden.« Max schaute über der Balkonbrüstung mit dem Fernglas seines Vaters auf einen Punkt in dem weitläufigen, hügeligen Brachgelände, das neben der Wohnsiedlung lag und zum Kampfplatz zweier Jugendbanden geworden war.

»Bleib lieber hinter der Glaswand, sonst kriegst du auch was ab«, murmelte Vater Meerbach und griff nach dem Fernglas.

Sein Schwager Georg, der mit ihm und Maxens ebenfalls dreizehnjährigen Cousin Tim auf dem Balkon der Meerbachs saß, während die beiden Frauen gerade in der Küche beschäftigt waren, beugte sich rüber, um das Gerät in Augenschein zu nehmen. »Das ist ja ein geiles Teil. Wo hast du das denn her, Oliver?«

»War beim Aldi im Sonderangebot. Dreißig Prozent Rabatt, billiger als im Internet. Schau mal durch. Bild ist gestochen scharf. Steiner Safari war Testsieger – und man hat zehn Jahre Garantie!«

Georg wog den Testsieger ehrfurchtsvoll in der Hand und stellte das Okular für sich scharf. »Wahnsinn, da sieht man ja echt alles, sogar einzelne Steine. Boah, da hinten staubt's aber ganz schön!« Aus der Richtung der Staubfontänen knallten Schüsse. Der Schwager setzte das Fernglas ab und guckte etwas irritiert. »Macht das euch nix? Wo ist eigentlich die Polizei?«

»Ach die Polizei … hat keine Leute und genug zu tun mit dem Schutz der Geschäftsviertel und der systemrelevanten Einrichtungen. Man hat uns gesagt, wenn's richtig gefährlich wird, sollen wir anrufen. Und wir haben ja mittlerweile Panzerglas hier.« Zur Bekräftigung klopfte der Hausherr an die Balkonwand.

Wie herbeigerufen kamen Nadine und Sabrina aus der Küche mit ihrem frisch fabrizierten Schoko-Himbeer-Cheesecake. Allgemeines »Oohh« ertönte. Sogar Max und Tim, die sich gerade auf den Weg zur Playstation gemacht hatten, kehrten zum Kaffeetisch zurück. Tassen und Colagläser wurden gefüllt, Teller beladen.

Als jeder sein Stück Kuchen hatte, knatterte wieder eine Salve von Schüssen. »Worum geht's da eigentlich?«, begann Georg erneut. »Ich meine, wer sind die Kampfparteien?«

Oliver leckte sich die Krümel von den Lippen und holte Luft. »Also, es gibt die Vlads, das ist die Gruppe von Björn, und die Luckys, die werden von einem Willi geführt. Es geht da natürlich um Territorium und um Drogen und wohl 'ne ganze Menge Geld. Den Björn hab ich übrigens kürzlich in einem dicken schwarzen BMW gesehen. Der ist, glaube ich, gar nicht mehr so jung, aber er wirkt jugendlich und strahlt 'ne unheimliche Energie aus.«

»Oh ja«, mischte sich Nadine ein, »und wenn er mit der grünen Army-Hose und dem muskulösen nackten Oberkörper da steht, das macht schon was her. Du könntest auch mal wieder etwas für deine Fitness tun, lieber Olli«, und dabei knuffte sie ihren Ehemann gegen die einfallende Hemdbrust.

»Jaja, aber irgendwer muss ja auch ordentlich arbeiten und das Geld verdienen.« Und leiser, mit einer Wendung zum Schwager: »Ich zahl schließlich auch ein bisschen dafür, dass wir hier ungeschoren bleiben.«

Nadine zeigte ihrer Schwester die neuesten Erwerbungen aus dem Gartenmarkt, die auf der Südseite des Balkons platziert waren. »Hier, die Schwarzäugige Susanne, mit der Rankhilfe passt sie ideal in die Ecke. Man muss sie halt jetzt, wo es so trocken ist, ziemlich viel gießen. Und das Blaue daneben, das ist Männertreu. Davon hab ich mir diesmal gleich drei Töpfe gekauft.« Die beiden Frauen giggelten. »Und dann hatten sie noch bunte Margueriten – Crazy Daisy in fünf verschiedenen Farben, sogar lila! Die wollte ich so auf schmiedeeiserne Blumenständer stellen, und hier in der Mitte würde ich 'ne klassisch weiße Skulptur nehmen. Oder eine antike Säule. Eigentlich hätt ich gerne Marmor, aber Olli sagt, das wär nicht wetterfest. Dafür gäb es heute Weißbeton und Steinguss. Ich weiß ja nicht. Was meinst denn du?«

Statt der Antwort von Sabrina ertönte eine wuchtige Detonation, und über einer der Kuhlen im Brachgelände türmte sich eine Rauchsäule auf. Irgendwo waren Schreie zu hören.

Der Schwager schaute beunruhigt um sich. »Werden da keine Leute verletzt bei diesen Schießereien?«

»Och doch«, meinte Oliver. »Vor ein paar Tagen ist das Mädchen von der Lucky-Bande angeschossen worden. Franzi heißt sie, glaub ich. Lag 'ne ganze Stunde im Gestrüpp, bevor die Sanitäter sie holen konnten. Das ist ja auch unverantwortlich, ein Mädchen da mitmachen zu lassen!«

Mit etwas Abstand folgte ein Feuerstoß aus einer Maschinenpistole. Dann war auf einmal alles ruhig.

Oliver nickte. »Jetzt haben sie sich langsam abreagiert. Irgendwann ist auch genug, und letztlich wollen wir ja hier alle in Frieden leben.«

Max und Tim widmeten sich intensiv der Playstation. Schon für Spiderman war der Sonntagnachmittag eigentlich viel zu kurz. Und wenn die Eltern länger mit was anderem beschäftigt waren und man zu Grand Theft Auto wechseln konnte – Tims sechzehnjähriger Bruder hatte das netterweise installiert – konnten die Jungen natürlich nur ausgewählte Szenen durchspielen. Der psychopathische Trevor war den beiden unheimlich, aber als Obergangster Franklin einen Banküberfall zu organisieren und sich mit der Polizei eine turbulente Verfolgungsjagd zu liefern, war schon spannend. In letzter Zeit hatte Max begonnen, sich auch für die Sexszenen zu interessieren, aber alles zusammen wäre heute vor dem Abendbrot nicht zu schaffen gewesen, ohne aufzufallen. Max musste sogar schnell von dem sich überschlagenden Polizeiauto umschalten zu den dekorativen Sprüngen von Spiderman und dann das Gerät ganz runterfahren, weil die Mamas auf dem Weg in die Küche allzu neugierig schauen wollten, was ihre Sprösslinge so trieben. Eltern können schon ganz schön nerven.

Während die Frauen Pizzateig zubereiteten und die Männer auf dem Balkon über Investments und Ölpreise diskutierten, mühten sich Max und Tim, die Spielekonsole wieder zu starten. Irgendwas funktionierte nicht, stattdessen pulsierte die Lichtleiste in tödlichem Blau. Zu allem Überfluss scheiterte der Versuch, Tims Bruder mit dem Handy zu erreichen, am fehlenden Empfang. In seiner Verzweiflung suchte Max die Hilfe von Papa und war deshalb gerade im Flur, als der Radau losging. Eine Garbe Schüsse am Eingang des Wohnblocks ließ die Haustür aufkrachen. Eine laute Stimme im Treppenhaus empfahl den Bewohnern, freiwillig ihre Wohnungstüren zu öffnen, andernfalls werde man Gewalt anwenden. Irgendwo schrie ein Kind.

Max bekam es mit der Angst zu tun und rannte zum

Balkon. Aber sein Vater wedelte ihn weg. »Jetzt nicht!« Er und Georg genossen ihr Glas Brunello und den Blick vom Balkon auf einen Sonnenuntergang, der mit seinen leuchtenden Tönen von Orange, Rot und Purpur die ewige Wiederkehr des Schönen beschwor.

Katharina Wolff

Das Maisfeld

Stefan stand auf einer kleinen Anhöhe und sah sich um. Vor ihm lag ein großes Maisfeld, unmittelbar dahinter befand sich der Fluss, an dem sich an beiden Ufern ein Rad- und Fußweg entlangschlängelten. Ratlos blickte Stefan auf die Wanderkarte in seiner Hand. Hier sollte doch eine Brücke sein, um ihn nach Kröppsbach zu führen. Der Ort mit seiner charakteristischen Kirche war auf der anderen Flussseite gut zu erkennen. Aber von der Brücke war nichts zu sehen. War sie vielleicht bei dem großen Hochwasser vor ein paar Jahren weggeschwemmt worden? Müssten dann nicht wenigstens noch die Fundamente sichtbar sein? Aber hier war nichts. Der Fluss mäanderte friedlich in seinem Flussbett vor sich hin, so wie er es wohl schon immer getan hatte.

Ein schneller Blick aufs Handy führte auch nicht weiter. Kein Netz. War wahrscheinlich auch weggespült worden, und weil die Gegend nur noch dünn besiedelt war – die meisten Menschen waren nach der großen Flut nicht mehr in das Flusstal zurückgekehrt – hatte es sich wohl für die Mobilfunkfirmen nicht gerechnet, die Infrastruktur wieder aufzubauen. Für so ein paar einsame Wanderer wie ihn lohnte sich der Aufwand nicht.

Stefan schaute nach links. Dann schaute er nach rechts. Nichts als Mais zu sehen. Der Wind fuhr leise durch das Feld und versetzte die Blätter der Futterpflanzen in sanfte Schwingungen, und Stefan meinte, leichte Geigentöne zwischen dem Blätterrauschen zu hören. Langsam begann er, sich einen Weg durch die zwei Meter in die Höhe erstreckenden Pflanzen zu bahnen. Er schlängelte sich durch das Maisfeld und ging auf die immer deutlicher zu hörende Musik zu. Irgendwo vom gegenüberliegenden Ende des Maisfeldes musste sie kommen. Die Geigerin. Dass es eine Frau war, die so wunderbar musizierte, daran hatte er keinen Zweifel. So sanft und klar, wie die Töne durch die Luft schwangen, das konnte nur eine sehr kleine, sehr junge und sehr blonde Frau sein. Er würde sie finden. Bestimmt. Die Relevanz von Brücken wird maßlos überschätzt, dachte er noch, bevor er ins Stolpern geriet und in dem tiefen Wasser der Feldmitte versank. Das Rauschen des Wassers über ihm übertönte das Rauschen der Blätter. Die sanften Geigentöne entfernten sich leise und der Fluss schlängelte sich weiter durch sein altes Bett.

Baby Ruth

Wie sie mich anschaut. Dieser direkte, offene Blick. Schon seit Langem sehe ich nur noch Augen mit halbgesenkten Lidern. Sie fixieren bewegte Bilder, auf Displays, garniert mit Zeichenketten, gepufft mit Knall oder Schnatteratatt aus fingerhutgroßen Dosen, die in Köpfe hineingesteckt sind. Aufmerksames Lauschen nach draußen – wie es die Kojoten, die Mäuslein tun – ist nicht angesagt. Lieber füllt man akustischen Content in das Ohr. Die Musik spielt drinnen. Kabel umschlingen Hälse und Hände, Augen mit fixierter Achsstellung heben sich gelegentlich, zu müde, Dinge jenseits des Fensters in das digitale Sein wahrzunehmen.

Und nun werde ich von einem Wimpernschlag zum nächsten von einem Augenpaar gefesselt und verzaubert. Riesige, braune Gucklöcher. Wie soll ich diesen Blick deuten? Ist es neugierig, das Mädchen? Amüsiert? Zu Späßen aufgelegt? Eigentlich sieht es mich eher forschend an. Als frage es sich: Wer bist du, fremder Mann? Was tust du hier?

Ich kann meinen Blick nicht von ihr reißen. Sie hat ein niedliches Gesicht, fast zart. Das Näschen mit den offenen Löchern, zierlich, der breite Mund mit den schmalen Lippen, beinahe lächelnd. Der große Kopf, der Hals, der zwischen den Schultern verschwindet, die schlenkernden Arme, das wuschige Haarkleid, gekrönt von einer feschen Windstoßfrisur, so nannte man diesen Look früher. Hallo Süße, lass uns einen Ausflug machen, jetzt sofort. Ach, beinahe hätte ich dieses Gitter zwischen uns vergessen.

Mit der yogatrainierten Kraft meiner Gedanken denke ich es mir weg, das blöde Ding. Einen Augenblick lang steht sie wie verwirrt da, ich sage »komm« und reiche ihr meinen Arm. Sie greift zu, und wir gehen zusammen davon, weg von der Menschenmenge, die vor dem Käfig albert und pöbelt oder nur steht und glotzt. Wohin sollen wir uns nun wenden? Egal. Alle Wege führen irgendwohin.

Hand in Hand spazieren wir auf sonntäglichen Fluren. Die Geschäfte sind geschlossen.

Wie heißt meine Begleiterin eigentlich? Hat sie überhaupt einen Namen? Ich würde ihr gerne einen geben. Aber welchen? Baby? Klingt irgendwie herablassend. Affaela wäre nett, ist aber zu lang für meinen Geschmack. In einem Namen sind drei Silben schon mehr als genug. Aber wie wär es mit Baby Ruth? So nannten sie im Chicago der frühen 1920er-Jahre einen Erdnussriegel zu Ehren des genialen Pitchers der New York Yankees Baseballer. Ich versuche es. »Baby Ruth?«, frage ich vorsichtig. Bingo. Sie wendet ihr Gesicht zu mir hoch und wirft mir wieder einen dieser schwer zu deutenden Blicke zu. Wir begegnen wenigen Passanten, und die nehmen kaum Notiz von uns. Ab und zu radelt einer an uns vorbei; manchmal braust ein Auto durch die Straße.

Plötzlich bleibt Baby Ruth stehen. Sie lässt meine Hand los und schlenkert den Arm. Sie sieht zu mir hoch, zieht die Oberlippe nach oben und stößt eine Serie von grunzenden Lauten aus. Was hat sie denn? Ich schaue mich um. Nichts Besonderes. Kein Mensch, kein Tier. Vielleicht hat sie Hunger! Ich muss ihr etwas besorgen, vielleicht Früchte.

Die Bäume, an denen wir vorbeilaufen, haben Blätter, aber ob die gut schmecken? Himmel, sonntags Obst kaufen! Mir fällt ein, dass in der nächsten Querstraße eine Smoothie-Bar neu eröffnet hat, sie ist der Renner im Gesundheitshype, der die Jugend ergriffen hat.

»Komm, Baby Ruth«, sage ich aufmunternd, »gleich gibt's happihappi«, und weil sie merkt, dass ich einen Zahn zulege, lässt sie sich auf alle viere fallen und läuft auf weichen Sohlen im Buschmodus neben mir her, tap tap tap.

Jungle Squeeze Smoothie Bar leuchtet uns ein Schild in Orange und Grasgrün schon von Weitem entgegen. Draußen stehen hellblau und grün lackierte Stühle und Tische unter orangeroten Bastsonnenschirmen. Wie hübsch, denke ich. Jungle Squeeze, na wenn das nicht etwas für Baby Ruth ist.

Nur noch ein Tisch in der Mitte ist frei. Keiner sieht auf,

als wir darauf zusteuern. Ich rücke einen hellblauen Stuhl mit Kissen für meine Begleiterin zurecht und sage mit einschmeichelnder Stimme: »Komm, Baby Ruth, setz dich.« Wobei ich wirklich keine Ahnung habe, wie so ein kleiner Gorilla in einem Straßencafé zurechtkommt. Ich bestelle einen Teller Frischobst, egal welches, sage ich, und einen Pflaumensmoothie für mich. Inzwischen haben die anderen Gäste die exotische Besucherin wahrgenommen, die für unerhörte Minutenlängen ihre Aufmerksamkeit fesselt. Baby Ruth benimmt sich recht gesittet. Sie lungert lässig in ihrem Stuhl, kratzt sich mal hier, mal dort, besieht sich eingehend die Schirme und das Markisen-Vordach und macht sich, kaum wird er gebracht, über ihren Obstteller her. Sie schmatzt hörbar, was unsere Tischnachbarn aber wohl schon gar nicht mehr wahrnehmen, denn die meisten haben sich wieder ihren Handys und den Ohrstöpseln zugewandt.

Eine junge Frau schiebt einen Kinderwagen an einen eben frei werdenden Tisch in unserer Nähe. Ein Junge mit verdrossenem Gesicht, vielleicht fünf, trottet neben ihr her. Auf seiner roten Schirmmütze steht Mamas finest. Er quengelt, dass er lieber zu McDonald's gegangen wäre. Seine Mutter bestellt ihm ein Eis. Er bemerkt Baby Ruth, die ihn schon seit seinem Auftauchen aufmerksam angesehen hat. Er zieht eine Grimasse und streckt ihr die Zunge heraus.

»Lass das«, rügt seine Mutter und wendet sich wieder ihrem Baby zu, das angefangen hat, vor sich hin zu greinen. Beleidigt dreht sich der Junge mit seinem Stuhl zur Straße, streift seinen Kinderrucksack ab, zieht ein Handy heraus und tippt darauf herum.

Baby Ruth erhebt sich, springt mit zwei, drei schlenkerigen Sätzen hinüber zu dem Jungen und nimmt ihm das Handy ab. Mit offenem Mund sitzt er da, die Hände wie vorher, nur das Handy fehlt. Das hat sich jetzt Baby Ruth vorgenommen. Schon hockt sie sich auf einen freien Stuhl, tippt auf dem Kästchen herum und schaut fasziniert auf die wechselnden Bilder.

»Mama«, plärrt der Kleine, »der Affe hat mein Handy!«

»Dann hol es dir doch wieder«, schlägt ein Spätjugendlicher am Nachbartisch mit boshaftem Kichern vor.

Der Junge starrt ihn für einen Augenblick an, erhebt sich dann und geht auf Baby Ruth zu. Die will sich keinesfalls von ihrem neuen Spielzeug trennen. Als der Junge eben seinen Arm ausstreckt, um sein Eigentum zurückzuholen, springt Baby Ruth von der Sitzfläche aus lässig über die Köpfe einiger Sitzender hinweg hinüber auf einen unbesetzten Stuhl an der Seite. Inzwischen schaut kaum noch ein Gast auf sein Handy. Der Junge rennt erbost zwischen den Tischen hindurch. Er rempelt an Stühle, Gläser kippen um, rote und grüne Smoothies ergießen sich über Tischplatten und Hosenbeine.

»Mein neuer Rock!«, keift jemand.

Baby Ruth bleckt die Zähne und stößt eine Salve abgehackter Laute aus. Irgendwer wirft ihr ein Sitzkissen an den Kopf. Sie schleudert es zurück, und ihr eigenes hinterher. Mehr Kissen fliegen durch die Luft. Baby Ruth schnappt sich ein weiteres Handy, das mit Kabeln auf einem Tisch liegt. Der Besitzer greift überstürzt zu ihr hinüber, verliert die Balance, Baby Ruth dreht sich elegant zur Seite, der Geräte-Retter fällt zusammen mit einem Glas einem Gast über die Beine und beschädigt dessen Knie. »Scheiße!«, ruft es in allen Tonlagen. Baby Ruth hängt sich geschickt die Kabelschnüre mit dem eingestöpselten Handy daran wie ein Collier um den Hals und setzt sich, das Telefon des Jungen noch in der anderen Hand, in das Gestänge eines Sonnenschirms, der sogleich umkippt und zwei krampfhaft ihre Handys festklammernden Mädels unter sich begräbt. Schreie, noch mehr Flüche, Baby Ruth hüpft von Tischplatte zu Tischplatte. Sie fegt alles zu Boden. Alles, was noch oben liegt.

»Fang doch jemand dieses Biest ein!«, brüllt einer, doch niemand hilft.

Baby Ruth sitzt mittlerweile auf dem Markisen-Vordach. Sie hat sich die Kabel über die Ohren gehängt, wiegt sich mit dem Oberkörper hin und her und tippt auf dem Display herum, Wurfgeschosse pfeffert sie so blitzartig wie präzise zurück, ihrem berühmten Namensvetter alle Ehre machend.

Aus der Ferne tönt ein Martinshorn.

Nichts wie weg hier, denke ich, rufe »Komm Baby Ruth, komm, komm mit«, und tatsächlich lässt mein Mädchen die Handys fallen, springt mir huckepack auf den

Rücken und wir laufen davon, so schnell es geht, das empörte Geschrei aus der Jungle Squeeze Smoothie Bar noch zwei Straßen weiter in den Ohren. Auf einem kleinen Platz mit Bäumen und einer Bank halten wir an. Baby Ruth rutscht von meinem Rücken herab.

Ich wende mich um und sehe in ihre Augen. Sie sind Fenster, darin die Lust und Angst und Verwirrung von Millionen Jahren, eingefangen in einem Affengesicht.

Und plötzlich ist es wieder da, das Gitter. Um mich das Geschnatter und Gealbere der Zoobesucher.

Oh, Baby Ruth, jetzt bloß keine Verzweiflung. Habe ich, Himmel hilf, nicht irgendetwas dabei, was dir Spaß machen könnte? Wenn doch nur in dieser Jacke mein ausrangiertes Althandy stecken würde, das ich längst bei einem Recyclingfritzen abgeben wollte … Zum zweiten Mal an diesem Sonntag bemühe ich meine Vorstellungskraft und, mich laust der Affe, da liegt es in meiner Hand. Zum Glück ist der Akku noch nicht ganz leer. Ich schalte es ein und reiche es Baby Ruth durch das Gitter. Schon hockt sie auf dem höchsten Ast im Käfig und tippt und tippt …

Anne Chavez

Reparatur am Bau

Freuds Seelenhaus hat nur drei Stockwerke!
Ha!
Der Biber sieht nicht
die Baumhöhle der Wildbiene.
Der Architekt der dreistöckigen Häuser
fühlt sich fremd
in der Stadt der Hochhäuser.
Er mag keine mehrstöckigen Keller,
keine Dachböden über Dachböden,
Zugänge so eng wie Geburtskanäle.
Er hat keine Namen für verwinkelte
Seelenkammern im sechzehnten Stock,
der gleichzeitig der dritte
wenig besuchte Dachboden ist.
Eines Tages steht dort vielleicht
in einem unwohnlichen Winkel
eine Couch mit Kelimdecke.
Das Fenster ist offen,
linde Luft mildert den Moder.

Anne Chavez

Unabhängigkeitstag

Der 4. Juli, Unabhängigkeitstag. Applaus brandet auf. In der Eagle Avenue herrscht Festtagsstimmung. Eine Kapelle spielt auf, und nach einem triumphalen Tusch blicken die Menschen nach oben zum Drahtseil. Es ist nur ein dünner Strich gegen den blauen Sommerhimmel. Noch ist es leer. Gespannt warten die Menschen auf den Drahtseilakt. Manager Hogarth, der das Ereignis über Lautsprecher angesagt hat, betont, dass es ein gefährliches Unterfangen sei, auch wenn man für heute Windstille vorausgesagt habe. Plötzlich machen sich die Zuschauer gegenseitig darauf aufmerksam, wie ein schlanker, drahtiger Mann sich an einem senkrechten Seil an der Fassade des MetLife-Gebäudes hochhangelt. Der wie aus Gummi wirkende Mensch stützt sich beim Klettern ab und zu mit einem Bein an den Glaswänden des Hochhauses ab. Das muss Nick sein, der Seilartist, aus der berühmten Artisten-Dynastie Guberov, die seit Jahrzehnten die Attraktion des Zirkus Alexander ist. Als Nick oben ankommt, wird die Menge still, Spannung liegt in der Luft.

Nick steht auf dem Flachdach, mit einem kurzen Nicken begrüßt er seine Schwester, die kurz die Hand zum Gruß hebt. Stassja, im fünften Monat schwanger, ist mit dem kleinen Bäuchlein, das durch das knappe Artistendress betont wird, eine attraktive Erscheinung. Sie ist selbst Hochseilakrobatin und Trapezkünstlerin, arbeitet während der Schwangerschaft jedoch als Assistentin für ihren Bruder. Erst gestern hat sie ihm gesagt, dass sie nicht mehr ohne Netz balancieren wird, und ihn gebeten, auch für sich darüber nachzudenken. Nein, hat er ihr gesagt, er wird die Familientradition fortführen.

Nick schaut auf die Halterung, folgt dem straff gespannten Seil mit den Blicken bis zur Plattform auf der anderen Straßenseite, wo seine Frau Irina auf dem Flachdach der Immobiliengesellschaft Iron Mountain steht und ihm zuwinkt. Hier, in dieser Häuserschlucht, hat Nick schon als Kind auf der Plattform gestanden und seinem Vater zugesehen, wie er über den Abgrund lief und wie er den Balancierstab aus der Hand seiner Frau, Nicks Mutter, entgegennahm.

Nick tritt näher an die Plattform und schaut in die Tiefe. Direkt unter dem Seil ist das Terrain abgesperrt, aber auf beiden Seiten der Absperrung sieht er die Köpfe der Menschen dicht an dicht. Er hört den Summton, der von der Masse zu ihm heraufdringt. Ein Gefühl von Fremdheit keimt in ihm auf. Das kennt er und weiß, für ihn wird gleich nur noch das Seil existieren.

Er betritt die über den Gebäuderand hinausragende Plattform. Jetzt muss er sich konzentrieren; damit ihm das gelingt, macht er erst einmal ein paar ausholende Bewegungen mit den Armen, eine kleine Show für die Zuschauenden, bevor er sie aus seinem Bewusstsein verbannt. Das Geräusch von unten wird ein wenig lauter. Er dreht sich um und schaut seiner Schwester Stassja in die Augen. Sie hält sich mit der linken Hand an einem Mast fest, in der rechten hält sie seine Balancierstange. Sie lächelt ihm sanft und ermutigend zu. Er lächelt zurück.

Er schließt die Augen, konzentriert sich, entspannt einen Muskel nach dem anderen, vom Kopf über den Hals, Schultern, Arme, Rumpf, Po und Beine bis zu den Fußsohlen, ja bis in die Fußspitzen. Außer seinen Muskeln und ihrer Entspannung existiert nichts mehr.

Jetzt öffnet er die Augen und schaut auf die Tätowierung an seinem inneren Unterarm, direkt über der Handfläche. Eine Trapezschaukel, bei der die Haltestange fehlt, an der die Schaukelseile aufgehängt sein könnten. Nach dem unverhofften Tod seines Vaters vor fünf Jahren nach einem Schlaganfall hat er sich diese Schaukel stechen lassen. Sie erinnert ihn daran, was der Vater seine Kinder lehrte: sich vor dem Betreten des Seiles vorzustellen, dass sie von der Balancierstange so sicher gehalten würden wie ein Akrobat von der Schaukel in der Kuppel des Zirkuszeltes.

Wieder schließt er die Augen. Langsam, sehr langsam muss er die Muskeln wieder anspannen, er beginnt bei den Fußsohlen, geht den Körper hoch bis zu den Händen. Doch der Kopf bleibt frei. Seine Affirmation, die er sich jetzt sehr deutlich vernehmbar sagt, lautet: »Der Kopf bleibt kühl.« Dass ihm seine Stimme fremd vorkommt, gehört zum Setting. Es ist der Beginn der Performance.

Er ist jetzt ganz bei sich, er spürt seinen Körper, der sich mit der Konzentration auf sich selbst immer schwereloser anfühlt. Beim Öffnen der Augen wendet er sich leicht nach rechts, zwinkert mit den Augen, das Zeichen für Stassja, ihm den Balancierstab anzureichen. Er ergreift den Stab, bringt ihn in die Horizontale, tariert ihn aus. Er steht noch auf der Plattform, hält die Stange vor sich und setzt den rechten Fuß auf das Seil. Seine Fußsohle im Spezialschuh, der gleichzeitig Halt und Beweglichkeit gibt, erspürt das harte Seil. Er liebt diesen Augenblick, die Einsamkeit, die ihn umhüllt. Er weiß: Sobald er den zweiten Fuß von der Plattform löst, wird er nichts mehr empfinden. Er schaut nicht auf das Seil, er fühlt es nur, sein Blick ist geradeaus gerichtet auf die gegenüberliegende Plattform. Es spielt keine Rolle, wie weit sie entfernt ist. Der Abstand, die Zeit und auch der Ort sind von nun an keine Kategorien mehr in seinem Denken. Er hebt noch einmal den rechten Fuß vom Seil, lässt ihn dann zurück aufs Seil gleiten. Er löst den linken Fuß von der Plattform und setzt ihn vor den rechten. Jetzt ist er mit seinem Schöpfer allein. Er atmet noch einmal tief ein und aus und spürt: In seinem Kopf herrscht absolute Gedankenleere. Von nun an sieht er nur noch das Seil und spürt es unter seinen Fußsohlen.

Sein Vater hat ihn gelehrt, nicht an die einhundert Meter Tiefe unter sich zu denken, sondern sich vor dem Auftritt vorzustellen, dass er auf einer Übungswiese von einem Baum zum nächsten balanciere, dass er auf jeden Fall die andere Plattform sicher erreichen werde und damit jeden Gedanken an ein Scheitern abblocke. Beim Visualisieren vor einem Auftritt bekommt er die Gewissheit, dass er gehalten wird und dass es ein Neben dem Seil nicht gibt.

Nick stellt den rechten Fuß mit einer kleinen Schrittlänge auf das Seil. Er wiegt sich ein wenig vor und zurück, bis er wieder festen Stand hat. So wie mit dem rechten Fuß macht er es mit dem linken, wobei er immer einen winzigen Schlenker machen muss, weil er Rechtshänder ist und für das Vorwärtssetzen des linken Fußes diese kleine Ausgleichsbewegung braucht.

Schritt für Schritt gleitet er voran. Er ist nun eins mit der Aufgabe, das Seil zu spüren und die Stange auszubalancieren.

Achtsam setzt er einen Fuß nach dem anderen mit winziger Schrittlänge auf das Seil. Plötzlich kommt Wind auf. Was war mit der vorausgesagten Windstille? Nick bleibt stehen, tariert die Bö aus. Er hört seine Mutter sprechen:»Der Wind weht von Südost, halt den Mund.« Bei seiner Mutter wehte der Wind immer von Südost. Und stets sollten sie den Mund halten. Ihrer Meinung nach war es immer ein wilder Wind. Die Stimme hilft ihm, wieder den Muskeltonus zu finden, die Anspannung, die es ihm ermöglicht, die Füße gezielt aufs Seil zu setzen und sich am Stab festzuhalten.

Dann ein neuer Lufthauch, heftiger diesmal. Das ist nicht normal, geht es ihm blitzschnell durch den Kopf, dann ist der wieder leer. Das ist ein Wind, der sich in dieser Schlucht verfängt, wird Onkel Juri später kommentieren, weil die Häuser rechts und links der beiden Plattformen höher sind und die Brise nicht darüber hinauskommt. Die Straße fängt sie und kann sie nicht loslassen.

Nick zieht die Muskeln an, die er braucht, damit er sich straff hält. Mit angespannten Beinen und geradem Oberkörper steht er jetzt fast wie die Figur des Kriegers im Yoga, die ihm gut gefällt. Er stellt sich auf den Wind ein, gleitet in kleineren Schritten. Doch dann eine noch heftigere Bö, die sogar die Balancierstange ergreift. Zum Glück hält er sie mit fester Hand. Er kann die unwillkürliche Bewegung seines Körpers, die dadurch verursacht wird, gerade noch ausgleichen. Unbeirrt geht er weiter. Sein Programm sieht vor, dass er in die Hocke geht und wieder aufsteht. Ob er das heute wagen kann?

Er wartet ab. Wird es weitere Windstöße geben? Dieses Warten ist nicht einfach, er hört das Summen der Menschenmenge, das zeitweise anschwillt. Man wundert sich, warum er pausiert.

Doch dann, als die Luft ruhig bleibt, findet Nick zurück in seine Trance, langsam, die Stange haltend, geht er in die Hocke, kniet mit dem rechten Bein auf dem Seil. Er ist wieder nur die Bewegung, die er vollzieht. Das Knie gebeugt, konzentriert er sich auf seinen Atem, der ihm Kraft und Zuversicht gibt. Vorsichtig steht er auf, indem er den rechten Fuß nach hinten streckt, wieder mit der Fußsohle auf das Seil setzt und sie an das Seil schmiegt. Er richtet sich ganz auf. Die Stange hält ihn.

Auf einmal bemerkt er eine Bewegung an seinem Kopf. Er spürt, wie ihm jemand sanft über den Kopf streicht. Der Wind? Nick sucht keine Antwort. Er weiß, dass ihm nichts schaden wird. Er stellt sich aufrecht auf das Seil. Die Tiefe, die Menge der Menschen unter ihm, nichts ist da, nichts existiert. Nur noch das Seil, das nun auch ein Teil seiner selbst ist. Doch dann hört er wieder eine Stimme, diesmal die seines Vaters: »Das Seil ist ein Treidelpfad. Es zieht dich durch das unendliche Nichts.«

Behutsam tastend folgt Nick diesem Pfad, Fußlänge auf Fußlänge gleitet er weiter über das Seil. An einigen Stellen muss er eine kleine Brise ausgleichen, die er nahen spürt. Nur noch ein paar Schritte, die Menge ist plötzlich still. Wird er es wirklich schaffen?, ist die unausgesprochene Frage, die die Menschen beherrscht und von denen er in diesem Moment nichts weiß. Er nimmt diese Ruhe nicht wahr, denn in ihm ist eine noch viel tiefere Stille. Er schaut nicht auf das Seil, sondern auf die nahe Plattform, ohne dass sie etwas bedeutet. Plötzlich folgt er einer unbewussten Eingebung. Sein Körper reagiert von allein, lässt es geschehen. Vorsichtig, auf dem rechten Bein stehend und das linke leicht angewinkelt haltend, geht er in die Hocke. Durch die Zuschauermenge geht ein dunkles fragendes Raunen. Und dann passiert das Unerwünschte, ein Windstoß, stärker als alle anderen zuvor. Nick spürt, wie der Luftstrom gegen das gespannte Seil drückt. Er wartet ab, bis die Windbö verebbt, dann richtet er sich auf und balanciert auf die Plattform zu.

Seine Frau streckt ihm die Hand entgegen und zieht Nick kräftig zu sich in Sicherheit. Sie nimmt den Balancierstab und legt ihn ab. Dann schließt sie Nick in die Arme und sagt: »Gütiger Himmel.« Nick kann nur ein automatisches »Geschafft!« denken.

Von unten, von der Straße, erreicht die beiden auf der Plattform der Applaus der Menge. Erleichterung. Musik spielt auf. Triumphal klingt das. Nick hört die Stimme seines Managers Hogarth durch den Lautsprecher, dieser erklärt der Menge die Leistung des Akrobaten und würdigt sie mit marktschreierischen Worten.

Noch immer fühlt Nick sich fast schwerelos, trotz der Anstrengung. Vergeblich sucht er nach einem Gedanken in sich. Immer noch fühlt er sich leer, doch diesmal wie eine Marionette. Dann verlässt er die Plattform so, wie er die andere erklommen hat: An einem Seil, sich mit den Füßen an der Hauswand abstützend, wandert er wie eine Fliege die hundert Meter nach unten. Auf diesem Weg beginnt Nick zu denken. Nancy hat recht. Denn das eben war sein Karl-Wallenda-Moment. Ab jetzt wird er nicht mehr ohne Netz balancieren. Er hatte sich immer gefragt, warum Karl Wallenda unbedingt noch mit zweiundsiebzig Jahren in San Juan, in Puerto Rico, zwischen zwei hohen Türmen ohne Sicherung balancieren musste. Wallenda war ein sehr erfahrener Artist. Aber er kannte wohl seine Grenze nicht und kam dabei um. Das eben war eine, seine Grenzerfahrung. Nick weiß, er wird sie nie mehr vergessen. Und Vater?, geht ihm durch den Kopf. Da muss Nick nicht lange nachdenken. Der war immer auf seiner Seite, wäre einverstanden und würde sich freuen, dass er die Entscheidung am Unabhängigkeitstag getroffen hat.

Unten angekommen, beginnt er zu taumeln. Das geht vorüber. Das sind die Nachwirkungen der Anstrengung, weiß er. Als er den abgesperrten Bereich unter dem Seil betritt, gibt es noch einmal tosenden Applaus und begeisterte Hurra-Rufe. Die Wachmänner aus dem Zirkus Alexander lassen seine Mutter, seine Verwandten und Manager Hogarth zu ihm. Ein paar Zuschauer wollen sich durch die Öffnung drängen, werden aber zurückgehalten. Hogarth begrüßt ihn mit einem kräftigen Give-me-five-Handklatscher. Er lacht und klopft ihm auf die Schulter. »Wir haben den Wind nur wenig gespürt, aber da oben muss es die reinste Windschaukel gewesen sein. Toll gemacht! Wie der alte Nick. Er hat einen ebenbürtigen Nachfolger.«

Der Gefeierte schaut ihn immer noch etwas abwesend an, dann lächelt er und sagt: »Hogarth, nicht übertreiben. Nicht, dass morgen in der Zeitung steht: Nick Guberov auf der Windschaukel. Aber ja, doch, wir hatten Glück.« Er lächelt, jetzt wird gefeiert, denkt er. Morgen werde ich ihm sagen, dass es die Leistung nicht schmälert, wenn man sich für den Fall aller Fälle mit einem Netz absichert.

Katharina Wolff

Neun kleine Schreiberlein

Neun kleine Schreiberlein, die wollten, dass es kracht.
Das eine scheut, was Arbeit macht, da waren's nur noch acht.

Acht kleine Schreiberlein, die hätten gern ein Buch geschrieben.
Doch eines blieb zu Haus allein, da waren's nur noch sieben.

Sieben kleine Schreiberlein, die wünschten ganz viel Text.
Bei einem war's der Wunsch allein, da warn'se noch zu sechst.

Sechs kleine Schreiberlein besahen ihre Strümpf.
Eins fand zu wenig Geld darin, da waren's nur noch fünf.

Fünf kleine Schreiberlein fielen übernander her.
Die Textkritik war ohne Zier, da waren's nur noch vier.

Vier kleine Schreiberlein, die schrieben weiterhin.
Sie tranken dabei sehr viel Wein, um ganz entspannt zu sein.

So suchten wir's zu richten, mit scheußlichen Gedichten,
und sind am End erneut vereint für weitere Geschichten.

Neun kleine Schreiberlein …

Was und wer
hinter den Geschichten steckt

Die hier versammelten Geschichten entstanden in der *Schreibzeit*. In dieser Frankfurter Schreibgruppe verfassen die Teilnehmenden alle zwei Monate zu einem jeweils spontan bestimmten Thema einen kurzen Text. Kontakt: Schreib_mit_uns@gmx.de

Anne Chavez, geboren in der nordhessischen Hansestadt Korbach, arbeitete als Gymnasiallehrerin an verschiedenen Schulen in Hanau. Von 2015 bis 2018 wurden ein Roman und zwei Bändchen mit Kurztexten und Geschichten vom Hanauer CoCon-Verlag herausgebracht. 2023 erschien »Von Wollmäusen und anderen Wesen. Kurztexte und Geschichten« bei Books on Demand (BoD).
Zu ihrer Motivation sagt sie: »Beim Schreiben vergesse ich, dass ich schreibe. Lösungen für meine fiktionalen Helden zu finden, wirkt beruhigend und nährt die Hoffnung in mir, dass auch Lösungen für reale Probleme möglich sind, wenn man nur genügend Fantasie walten lässt.«

HaRu Neidhardt lebt seit 1972 in Frankfurt am Main und arbeitet interdisziplinär: Bildende Kunst (oft projektorientiert) / Texte / Performance / Buchherstellung. Ihre Geschichten hier:
Baby Ruth (2019), Chuzpe (2020), Karma (2022), Auf den Hund (2023)

Thomas Ormond war Verwaltungsjurist in Frankfurt am Main und schreibt nebenbei seit 2010 kurze Geschichten und manchmal Limericks. Seine Geschichten – entstanden im März 2022 (Balkonspektakel), August und September 2023 (Taxi im Mai, Abgründiges) und Januar 2024 (Diebe) – sind überwiegend inspiriert von tatsächlichen Ereignissen und Personen.

Katharina Wolff schreibt im echten Leben Sachbücher zu gesellschaftspolitischen Fragen.
Für ihre Kurzgeschichten muss sie sich nichts ausdenken. Das Meiste basiert auf realen Gegebenheiten, die ein wenig verändert und ausgeschmückt werden. Manchmal gibt eine kleine Zeitungsnotiz eine Anregung (Vor Weihnacht – Zeit der Erwartung), manchmal reicht es auch, einfach mit dem Zug zu fahren. Offene Augen und Ohren und ein griffbereiter Notizblock reichen. Geschichten schreibt das Leben genug.